O Pássaro de Cinco Asas

Obras do autor

234
33 contos escolhidos
A faca no coração
A polaquinha
A trombeta do anjo vingador
Abismo de rosas
Ah, é?
Arara bêbada
Capitu sou eu
Cemitério de elefantes
Chorinho brejeiro
Contos eróticos
Crimes de paixão
Desastres de amor
Desgracida
Dinorá
Em busca de Curitiba perdida
Essas malditas mulheres
Guerra conjugal
Lincha tarado
Macho não ganha flor
Meu querido assassino
Mistérios de Curitiba
Morte na praça
Nem te conto, João
Novelas nada exemplares
Novos contos eróticos
O anão e a ninfeta
O maníaco do olho verde
O pássaro de cinco asas
O rei da terra
O vampiro de Curitiba
Pão e sangue
Pico na veia
Rita Ritinha Ritona
Violetas e Pavões
Virgem louca, loucos beijos

Dalton Trevisan

O Pássaro de Cinco Asas

6ª edição

EDITORA RECORD
RIO DE JANEIRO • SÃO PAULO
2014

CIP-Brasil. Catalogação na fonte
Sindicato Nacional dos Editores de Livros, RJ.

T739p Trevisan, Dalton
6ª ed.   O pássaro de cinco asas / Dalton Trevisan. –
        6ª ed. – Rio de Janeiro: Record, 2014.

1. Contos brasileiros. I. Título.

78-0725
CDD – 869.9301
CDU – 869.0(81)-34

Copyright © 1974 by Dalton Trevisan

Capa: Fabiana sobre desenho de Poty

Texto revisado segundo o novo Acordo Ortográfico da Língua Portuguesa.

Direitos exclusivo desta edição reservados pela
EDITORA RECORD LTDA.
Rua Argentina 171 – Rio de Janeiro, RJ – 20921-380 – Tel.: 2585-2000

Impresso no Brasil

ISBN 978-85-01-01384-6

Seja um leitor preferencial Record.
Cadastre-se e receba informações sobre nossos
lançamentos e nossas promoções.

EDITORA AFILIADA

Atendimento e venda direta ao leitor:
mdireto@record.com.br ou (21) 2585-2002.

Sumário

O Pássaro de Cinco Asas   7

O Velho da Bengala   18

A Segunda Volta da Chave   21

O Gatinho Perneta   26

Noites de Curitiba   31

O Guardador de Bêbados   36

A Rosa Despedaçada   42

O Defunto Bonito   46

Tutuca   53

Me Responda, Sargento   60

Clínica de Repouso   63

O Beijo de Judas   71

Peruca Loira e Botinha Preta   74

Paz e Guerra   78

A Noite Não Tem Segredos   80

Que Fim Levou o Vampiro de Curitiba?   98

Eu, Bicha   106

Última Corrida de Touros em Curitiba   110

Moela, Coração e Sambiquira   115

Uma Fábula   120

Ó Doce Cantiga de Ninar   122

Os Velhinhos   129

O pássaro de cinco asas

Era o sétimo círculo dos inferninhos. João esbarrou na mesa do gordo Manolo.

— Conhece a Mariinha?

Quatro da manhã, sem cliente para entreter, estavam de mão dada o patrão barrigudo e a menina de olho machucado. Como sempre, depois de bêbado, João confessou o grande amor. Esperava-a na saída da loja: era manequim e Laura seu nome. Ele postava-se na esquina, mão crispada no bolso. Seguia atrás dela, magra, cabeleira negra, salto alto que espirrava faísca das pedras, a fabulosa égua do carro do Faraó. Medroso lhe entendesse o clamor no peito, mais alto que a gritaria dos pardais entre as folhas — qual era o pardal e qual a folha? Por ela os pardais gritavam alucinados às seis da tarde? Implacável, torturava os amigos: E a voz dela, como será? Rouca, meu Deus, e se for gaguinha? Ou fanhosa?

[7]

— Por que não se apresenta? Tem boa pinta.

— Sou tímido, sou feio, triste de mim.

Aprendeu os hábitos da moça — roía unha, míope dissimulada, não franzia as pálpebras antes de atravessar a rua? Amor tão furioso, carro vermelho de bombeiro com a sirena uivando, a pobre Laura não podia ignorá-lo — a simples bolinha de papel que ela pisava era escorpião abrasado de fogo. Arrastava um e outro amigo para esperá-la às seis horas:

— Lá vem ela. Agora não olhe. Não é linda? Não é pessegueiro florido que caminha sobre as águas?

— Também olhou. Parece interessada.

— Acha mesmo? Não por ser meu amigo? Puxa vida, você acha? Não brinque, é o que você acha? É mesmo o que acha?

E assim horas e dias inteiros, setenta vezes sete dias, cinco anos mais sofridos. Ora surgia magríssima e de olheira (bacanais no famoso quarto dos espelhos?), ora com vestido azul de bolinha e caderno debaixo do braço (de volta da aula de inglês), ora de mão dada com o namorado, loiro barbudo de cachimbo. Perdia-a de vista, eis que nela esbarrava à porta da confeitaria, o rostinho pálido de mil noites de insônia — se ela

[8]

o amasse, mãezinha do céu, com a mesma loucura e igual desesperança? Imaginava o diálogo ao telefone: *Aqui é o João. Estou doente de amor.* E ela: *É o moço simpático que espera na esquina?* Ele: *Eu mesmo.* Ela: *Meu bem, quanto tempo nós esbanjamos!* E ele... Ele acabava não telefonando — sempre o risco de Laura se confundir na deixa: *Não o conheço, seu bobo alegre.*

Ria-se o Manolo, mas não Mariinha, achou o rapaz muito interessante. Fim de noite era certo aparecer, cambaleante de tanta aflição que, ao afastar a cortina vermelha, guardava o óculo escuro no bolsinho do paletó. Mariinha escapulia do cliente, sentada no tamborete ao lado, a irmã que ele não tinha. Único assunto a louca paixão pela outra. O gordo Manolo, um sábio do amor, advertia: *Mulher quer desprezo. Pede castigo* (os vergões azuis no bracinho da menina, um matador nunca bate no rosto). *Se falta ao respeito, você está perdido.*

Naquela tarde de abril o moço, em busca de avalista para uma promissória, deu com Mariinha que fazia compras. Sem a esqualidez terrosa de bailarina da noite — ó surpresa — era linda, cara lavada, dentinho branco e olho bem verde. Conversando chegaram à casa da velha Hortênsia, que lhes oferecia cálice de vinho doce e broinha de fubá mimoso. Saiu a velha, Mariinha tirou das mãos do rapaz o álbum de fotografias.

— Ai, que joelho mais duro!

Olho fechado, beijou-o na boca.

O noivado secreto na saleta: após a cerimônia do vinho rosado com broinha, a moça subia-lhe no colo e beijavam-se, sem que João mais nada exigisse. No álbum de retratos antigos o calvário de sua perdição — normalista seduzida pelo próprio tio.

Visitava sozinho a velha para se deslumbrar com a legenda de Mariinha, as frases engraçadas de menina — e como era possível se, pela informação da moça, as duas se conheciam há menos de ano? Tão mansa conversa, ele se perguntava por que as velhas Hortênsias nunca eram a madrinha da gente.

Para que o Manolo não desconfiasse, continuou a frequentar o inferninho, furioso quando celebrava o gordo as graças da menina — mais aprendera na volta do seu umbigo do que em todos os provérbios de Salomão. Como podia, tão delicada, ser pasto daquele monstro, assadura nas roscas do papo? E, pesado como era, para não a esmagar, seria ela — ó Jesus — quem devia montá-lo?

Tarde seguinte, no apartamento da cafetina (a meiga velhinha, toda santidade, era cafetina aposentada), deixou-o tão excitado a confissão do Manolo que, em cinco minutos, ele agarrou a mocinha no sofá encarnado, sem lhe dar tempo de fechar a porta — ainda bem a velha não achava o saca-rolha. Mariinha chorou na sua lapela, os dois completamente vestidos, de sapato e tudo. Ao confessar que o amava desde o primeiro dia, João quase se levantou — já se houvesse despedido da velhota e teria saído porta fora para nunca mais. Deixou-se ficar, dona Hortênsia tossiu no corredor, ele reparou com tristeza que a mocinha suava na mão. Indagava-lhe o Manolo de amores, ele repetia a antiga história sem esperança. Mariinha por baixo da mesa beliscava-lhe a perna. Ameaçava arrancar com as unhas o olho azul da outra (e azul seria?), que se deixava amar de maneira tão vergonhosa. Entre beijos soluçando que a crucificava de pequenas delícias, ó gostosão de todos o mais fogoso. Menos doida de paixão estivesse, não falaria assim, obrigado a recordar-se

[11]

de quantos tipos a desfrutaram. Queixava-se de nojo do amante, se era generoso ao mobiliar o apartamento e cobri-la de pétalas de rosa, depois que lhe babujava o corpo fechava-se com engulho no banheiro. Sempre a coçar a frieira no gordo pé chato (e o rapaz no mesmo instante sentiu coceguinha no dedão), por causa de uma hérnia exibia o Manolo teia de laços na barriga obscena. Não é que de repente Mariinha suplicava, cada vez mais imperiosa:

— Deixa eu bater, querido? Só um pouquinho. Não vai doer!

Antes que pudesse concordar, já lhe esbofeteava o rosto com toda a força. Seus gritos de protesto mais a excitavam até que, em lágrimas, desculpou-se ter sido viciada pelo outro. Daí amavam-se castamente sob o óculo de aro dourado da velha Hortênsia, a tricotar uma toalhinha sem fim.

Toda noite, antes do inferninho, Manolo visitava a moça. Quase nua (do pijama só o casaco), despenteada, pintava de púrpura a unha do pé, enquanto o gorducho... Que fazia ele? Segundo Mariinha, roncava a água gorgolejante no ralo da pia, um lenço vermelho no rosto contra as moscas. Distraída ou perversa, revelou que, após a soneca, o gordo exigia lhe espremesse as espinhas das costas. João foi comprar jornal na esquina, discutiu por uma moeda com o dono da banca — um corcunda de boina xadrez. Moço gentil, ao ser xingado pelo anão, arrancou-lhe a boina, cavalgou, esmurrou aos berros a grossa corcova.

Gripado, João ficou uma semana sem aparecer. Oitava noite, a chuva tamborilava na vidraça do quarto: não era chuva, mas as unhas aflitas de Mariinha. Com receio da mãe (*Quem é que vem pisar,* reclamou de manhã dona Matilde para a cozinheira, *no meu canteiro de malvas?*), mandou que o esperasse na esquina. Vestiu-se, pulou a janela, foram dormir no hotel, comovido pela prova de amor e envergonhado de uma boqueira, resto do febrão. Daí a mocinha, abandonando o gordo, mudou-se para o apartamento de uma colega. Por João sacrificava anéis, brincos e plumas, o lugar de primeira bailarina.

Caçula mimado, o rapaz quase nos trinta anos não trabalhava e sua mesada mal dava para o cigarro, o jornal, o cinema. Quando jantavam no restaurante (muita vez na companhia da velha Hortênsia que,

[13]

cabelinho prateado, fazia de mãe santíssima), Mariinha na hora de pagar lhe passava duas notas debaixo da mesa. Sem dinheiro para o hotel, marchavam até horas mortas na pracinha deserta. João, no sonho de técnico de futebol e diretor de cinema, descrevia o seu futuro de glória, que ela embevecida aplaudia. Sentavam-se num banco e, dobrando a comprida perna, ele pousava-lhe a cabeça no colo. No meio de uma frase — ...*faço desta maldita cidade o que o grande Fellini fez de Roma...* —, ela beijava-lhe a ferida no lábio. Proibido o inferninho, devia o aluguel, vendeu às colegas os melhores vestidos, empenhou joias e prendas.

— Por que não me apresenta à sua mãe? — em vão suplicava. — Tem vergonha de mim!

Caiu no choro quando, abrindo a geladeira vazia, recordou que o Manolo a abarrotava de frutas e delicadezas. Dos móveis sobrou a cama — ela acendia o cigarro mal enrolado, preso no grampo de cabelo, passavam de um para o outro até a última fumaça. Às três da manhã comprava bala azedinha no bar da esquina. De volta, batia na porta, ofegante e chorando baixinho, atacada nas sombras pelo vampiro louco de Curitiba. João acolhia a desconhecida de peruca loira que, irrompendo no quarto, com um grito abria o casaco toda nua da peruca até a botinha preta.

Já que o rapaz de empregar-se não falava, Mariinha resignou-se aos encontros amorosos, arranjados pela velha Hortênsia. Uma tarde, João não a encontrou e, sim, a doce velhinha: grávida de cinco meses, a moça esvaindo-se internada no hospital, assistida por quem? Pelo imundo Manolo que, esquecendo mulher e duas filhas, guardava a cabeceira. O rapaz voltou desiludido para a esquina da loja de alta costura. Ao seu cumprimento fugidio, Laura respondeu com um sorriso. Tão perturbado, passou a segui-la do outro lado da rua. A pobre mãe inquietava-se com a magrez do seu menino, não fosse agonia de amor. Servia-lhe na cama gemada com vinho branco — ai dele, as gemadas fortificantes de dona Matilde mais fundo lhe enterravam no peito um caco de vidro. Dia e noite ao lado do telefone, barbudo, de pijama e descalço. Mariinha dez dias sumida: em visita ao tio agonizante, de quem seria herdeira universal, na versão da velha Hortênsia? Ou em lua de mel na praia com o Manolo, segundo uma rival do inferninho? Entre os soluços azedos da gastrite, no maior tédio João distraía-se arrancando

[15]

os pelinhos do bigode de uma semana. Se não havia afinidade eletiva (com ela só podia assistir aos piores dramalhões, não comia pipoca e bocejava a burrinha diante do grande Bergman?), como entender que em tão poucos dias sofresse tanto a sua falta, dela que suava na mão e nem era fogosa na cama?

Dona Matilde surgia de olho vermelho na porta. Se ele gostava de moça prendada, por que não apresentá-la? Irritado, João acudiu:

— Como posso? Essa poltrona horrorosa! Esse galo verde na parede!

Mais tarde que chegasse, ali na mesinha o copo de leite e os dois sonhos (um de marmelada, outro de creme), cobertos pelo guardanapo de florinha.

Bronzeada da praia, Mariinha voltou para o antigo apartamento, que o Manolo conservara arrumadinho para ela. Abriu a geladeira e deu com as prateleiras sortidas, na gaveta o naco sangrento de rosbife. O que não impediu, quando o gordo se lembrou da mulher e das filhas, ela fosse arranhar a vidraça, envolta no fabuloso casaco branco. João vestiu-se bem quieto para não despertar a mãe (no sonho sorrindo do seu menino ao entrar de manhã e deparar na sala com

[16]

as poltronas amarelas de veludo). Evitou o canteiro de malvas e, mão dada com a mocinha, ela mais feliz do que ele, correram para o táxi que esperava na esquina. Caminho do hotel, conchegados no banco, ela afagou-lhe a barbicha de quinze dias. Segredou que, ao pular a janela, era forte, bonito, livre pássaro de cinco asas.

O velho da bengala

João abriu a porta. Deu com o velho André deitado em cima de Maria. Ele tinha a calça arriada e ela, o vestido erguido. O velho não voltou a cabeça nem interrompeu o movimento. Com um berro João puxou-o pelas botas, arrastou-o no tapete, cobriu de soco e pontapé. Largou-o estirado no chão, nojento de tão bêbado.

Quando acudiu a mulher, ela só gemia e, olho branco, não falava. Ausentara-se para comprar um remédio, deixando-a doente na cama. Chaveada a porta da frente, o vizinho teria entrado pela cozinha.

A moça gemia com espuma no dente, lábio roxo, uma ferida na testa. João baixou-lhe o vestido, chamou-a três vezes pelo nome, sem que respondesse. Então olhou para o velho, que não se mexia. Ao pé da cama, uma garrafa vazia e uma bengala. Com a bengala o velho tinha batido em Maria, antes de nela se deitar. Ao livrá-la do peso de André, já desmaiada, mordida por todo o rosto — quando ouviu o brado às suas costas, ele não se voltou, apertou a moça e sacudiu-se mais depressa. Furioso, João apanhou a bengala e tornou a espancá-lo até que ele conseguiu, resmungando e praguejando, arrastar-se para debaixo da cama.

Gemendo, a moça espumava pelo nariz e pela boca. Ao endireitar-lhe o corpo, ai dela, na mão esquerda um dedinho partido...

André ali ficara, roncando e ferido. Gostava de beber, e aos setenta anos, era violento e perverso. Estava com a braguilha aberta, ela com o vestido arregaçado. O velho era de provocar os vizinhos, esfregava-se nas beatas durante a missa, a bengala servia de arma nas discussões de botequim. E na luta chegou a quebrar o dedo indicador da mocinha.

Maria não custou a morrer. Quando viu que era morta, João agarrou o velho outra vez pelas botas, puxou-o de baixo da cama, a cara toda arranhada e respingada de sangue. O diabo caído, as vergonhas de fora, João desferiu dois golpes com o punho lavrado da bengala. O primeiro na orelha direita — plof! um

[19]

caqui maduro se esborrachando no chão — e o segundo de baixo para cima, como quem rebenta sapo, esguichou sangue e pedaço de dentadura na parede. Daí ele descansou. O velho bem quieto sem cuspir nem praguejar.

A segunda volta da chave

— Marina? Ela morreu. Não sabia?

— Não pode ser. Ela marcou encontro comigo.

Morta e já enterrada na tarde daquele domingo de sol.

— Ontem estive com ela às três da manhã.

Depois que Serginho saiu, aos tombos pelos trinta e um degraus, ela bebeu com outro. A bebida mais a bolinha (sempre duas ou três no sutiã) a deixavam alucinada. Escondeu-se no banheiro para se livrar do tipo. Esfomeada, na saída da boate, foi com a amiga tomar uma canja — e no Bar do Luís quem estava à espera? Em vez da canja, o gordo a embriagou com batida de maracujá.

— Será que o Serginho não vem?

Era gordo barulhento, exibia-se de revólver na cinta. A moça estendeu a mão, ele bateu-lhe no dedo, risonho:

— Não é brinquedo de menina.

[21]

Cinco da manhã, arrastada pelo outro para o Hotel Carioca, apartamento 43, fundo do corredor. Convidou-a (na sua história para o delegado) que tomassem banho juntos. *Você primeiro,* disse ela. Largou a roupa e o revólver na poltrona, ao lado da cama. Debaixo do chuveiro, ele escutou o tiro. No ouvido direito, aquela sangueira, só de calcinha preta e sutiã.

— Não era canhota?

O gordo a matou. Marina tinha nojo do seu amor. Bem que gostava da vida. Adorava a filhinha de três anos. No curso de cabeleireira para sair do inferninho. Só pensava no Serginho, não vem me salvar do gordo nojento?

Ao vestirem-na, as amigas descobriram marcas azuis no pulso e na coxa: maus-tratos do sadista? Linda no caixão, parecia uma menina, cabecinha bem pequena — à procura da bala revolveram o crânio, vazio do recheio.

— Eu mato esse gordo — unha trêmula do polegar, arrepiava a costeleta — se ele a matou. Mais um uísque, Marreco.

Um recado para o doutor, na manhã daquele sábado. Ela o esperava sem falta no Bar do Luís.

— Esse gordo desgraçado eu mato.

— O gordo era inofensivo, doutor, foi ela mesma. Bebendo demais e viciada em droga, ficava bem louca. Mais de uma vez carregada para o pronto-socorro: comprimido, corte no pulso, cicatriz na testa, escondida pela franjinha loira.

— Quem tenta sete vezes, Marreco, quer morrer não. Sempre endividada, perseguida pelo cafetão, só podia se matar.

— Por que não fala com o doutor?

— O Serginho? Está sempre bêbado. Tivesse recebido o recado, a moça ainda viva? O gordo era conhecido do Marreco, um pobre gordo infeliz.

— E as marcas no pulso e na coxa?

Havia brigado no banheiro com outra bailarina. Podia ser canhota, bebia com a destra. Ele foi ao enterro, não quis vê-la no caixão, a cabeça encolhida, lenço roxo no queixo.

Três da manhã, lá no seu canto, bêbado, Serginho esperava a moça. Hora em que surgia do fundo da escuridão, olhinho arregalado de vaga-lume. Se acompanhada, mandava recado, por outra ou pelo

[23]

garçom. Lá vinha ela, com a desculpa do banheiro e, na passagem, afastando o cabelo do olho, fazia-lhe o primeiro agrado. Dançavam e, antes de se separarem, dava-lhe um beijinho no queixo, baixinha que era.

Deitado nu, fumando, mão na nuca; ela enchia na cozinha o jarro de água quente. Por que não resgatá-la do corredor de quartinhos sórdidos, dos outros e de si mesma? Cochilava e presto esquecia.

Bateram-lhe no ombro, voltou-se — não era ela. Logo viria do banheiro ou de uma das mesas, barco iluminado no mar de angústia.

No último encontro estava linda, gorduchinha, sempre fora um pouco magra. No seu ventre as delícias do prato de macarrão fumegando na mesa de domingo. Sentado na beira da cama, saciado e pronto para se vestir — todas as posições repetidas. Eis que o abraçou ternamente pelas costas, embalando-se contra ele:

— Quando vai ser todo meu?

Sem responder, pensou: No dia em que você der a segunda volta na chave.

Ou sentada no seu colo, ali no canto mais escuro. Baixe a pecinha. *Está louco, querido?* Erguendo-se um pouco para facilitar a manobra. *Cuidado, o garçom.*

Olhe que vem gente. Você é doido — e bem quieta para que a arrebatasse. *Me beije, que eu grito* — e de todas a vez mais lancinante.

— O penúltimo uísque, Marreco.

O garçom estendia a lista de subscrição para o enterro e a filhinha.

— Sabe quem a matou? Não foi ela. Não foi a noite. O gordo não foi.

— É o fim de todas, doutor.

Em dúvida se dava duas ou três notas, acabou separando uma só e, à luz da lanterna, rabiscou — *Um anônimo.*

O gatinho perneta

— Digo o que você é, meu querido? O grande manso.

*

Duas horas depois:
— E você, meu bem, que é útero podre? Só sabe gerar filho morto.

*

Esbofeteia-se nas duas faces, arranca punhado de cabelos:
— Mas por quê, ó Deus, por quê?
Enganar quem é amante fogoso na força dos vinte anos?

— É que não sabe respeitar os sentimentos de uma mulher.

*

— Com quem, sua cadela, com quem? Para se vingar, oferece-se ao cobrador de ônibus, ao bombeiro, ao guarda-noturno. Acaba confessando que um só, o outro.

— Logo o André! Um quarentão, o André, gordo, calvo, de óculo — até mau hálito! De óculo, calvo e gorducho como o próprio sogro.

— Dormiu com o homem errado, querida. O que você procura é a cama de seu pai!

*

Antes que se desvie, ela quebra-lhe na nuca o elefante vermelho de louça (presente da sogra).

*

Recolhe ora cachorro vagabundo, ora gato de perna
estropiada. Sua mania pelo garnizé branco é paixão.
Acarinha a bruxa de trapo até que, aborrecida, enter-
ra-lhe sete alfinetes no peito.

Boneca de seio durinho, quer ser embalada no colo,
cegando-o com o clarão da coxa fosforescente.

*

Geme dores de estômago (o vidro moído no caldo
de feijão?), chupa bala azedinha, bebe conhaque no
gargalo. Não faz a barba, sempre de pijama. Arrasta-se
descalço da cama para o sofá, de costas para a televisão
— a chuviscante janela branca.

*

Os sinais do outro na cama do casal? Ah, é assim?
Atira o cãozinho ganindo sobre a cerca. Com um tijolo
esmaga a cabeça da gata deliciada ao sol do pátio. Abre
a gaiola do pintassilgo. Sem remorso esconde no porão
o cágado de perna para o ar.

*

Na disputa da casa, cada qual entrincheirado no seu canto. Cartas anônimas insinuadas debaixo da porta — desenho obsceno, palavrão medonho, cruz cabalística de morte violenta. Com o batom ela desenha dois chifres no espelho do banheiro. Nem um dos dois anda descalço — cacos de vidro semeados pelo caminho. No inocente copo de leite a dose dupla de formicida.

*

Sem mais palavra para insultar-se, começam a lutar no tapete, rebentando os botões, mordendo-se entre beijos, arranhando-se entre suspiros, ó instante de maior gozo na vida de cada um.

*

Até que o pai dela e o outro, gordo calvo mais o gorducho de óculo escuro, envolvem-na descabelada e nua no casaco preto, arrebatam-na para o táxi. Atrás da cortina, ele a vê que se volta com um grito, nunca saberá se de amor ou de ódio.

*

— Não corta esse cabelo, meu filho? Até pensar não é mais difícil?

E o pai dele o acompanha ao barbeiro. Arrasta-o até o restaurante. Oferece-lhe um charuto (jamais fumou diante do velho). E vão ao circo. Sem que o moço nem uma vez proteste, feliz de ser o gatinho perneta do seu pai.

Noites de Curitiba

Era bailarina do Marrocos, morena, olho verde, cabelo comprido. Por ela se apaixonou o Serginho, galã da noite. No fundo um tímido, jamais entrava na boate sem o cigarrinho na mão; antes, no bar da esquina, bebia cálices de conhaque num gole só. Marina saía com o coronel para o Hotel Carioca. Perseguia-a de táxi, a moça subia a escada sem se virar — e ele voltava da porta, suspiroso, estralando o nó dos dedos. Fim de noite, depois da canja e batida de maracujá no Bar do Luís, aborrecida e quem sabe comovida por tão furiosa paixão:

— Durmo com você. Só para me deixar em paz.

Manhã seguinte ele queria outra vez. Marina lhe insultou a mãe morta, mordeu o pescoço, arranhou o peito cabeludo até que, aos berros, ele a esbofeteou sem dó.

Pronto o instalou no apartamento, enfeitou-o da cabeça aos pés, escorregava-lhe notas no bolsinho do paletó. Ela entretinha os clientes, no inferninho e no hotel, ele jogava no clube. Ia esperá-la às quatro da manhã para a sopa de bucho no Amarelinho. Tanto que o adorou, dela se aborreceu. Começou a visitar uma das meninas no salão de espelhos do Quatro Bicos. A noite não tem segredos, Marina rasgou-lhe a camisa branca de seda:

— Sem mim não era nada. Eu te vesti. Ensinei a comer. Falar como gente.

Fulgurante no terno azul e gravata prateada, já não mascava o eterno palito no canto da boca: de castigo a espancou e não fez amorzinho.

— A coroa é um bagulho — anunciava para os amigos. — Sabe lá o que são três anos?

A vez de rastejar-lhe aos pés, suplicar de mão posta, descabelar-se:

— É o meu gostosão. Eu faço tudo. Só não me abandone.

Dois dias sem aparecer até que ela soube: viajara para o Rio com uma loira do Gogó da Ema.

— Será que ele volta?

— Pode que sim — dizia uma amiga.

— Volta nada — respondia outra. — Ele tem ódio.
O que sente por você é nojo.

Ao descobrir que o perdia, ela o presenteou com um carrinho amarelo e depois engravidou. De carrinho ele passeava na praia com a loira. Nem se agradou da filha (durão só gosta do filho) e, incomodado pelo choro, mudou-se para os braços de uma bailarina do Rosa's. Quem consolou Marina foi um garçom da Jane 2 que, além de mais moço, era bonitão e propôs casamento.

— Serginho, que você acha?

— Por mim pode noivar, minha filha. E ficar com tudo.

Não é que ela casou e sumiu no táxi vermelho com o garçom?

— Comigo na cidade o tipo sabe que não tem vez.

Era inverno, Serginho esfregava as mãos e bebia conhaque. Em briga selvagem no Tiki Bar partiu o nariz e cuspiu dois dentes. A um conhecido que lhe perguntou pela Marina agrediu com tal fúria que o deixou desacordado, a boca afundada na serragem.

Perdeu no pôquer o carro e o dinheirinho de uma herança: que jogo podia ganhar se as mãos tremiam?

[33]

Para sua desmoralização, precisou pagar uma e duas bailarinas — e pagar com desdouro. Ele, o famoso garanhão, três meses impotente.

Não podia passar diante do decrépito Hotel Martins. Noite de chuva, lá estava da rua namorando a sacada — no velho reboco ele gravara a canivete o nome da ingrata. Doce tempo em que repartiam o bife com fritas no Bar Palácio, um chope para ela, um licor para ele.

Sofria as noites curitibanas, cálice de conhaque na mão. Apegava-se a um e outro amigo até que o garçom virava as cadeiras sobre a mesa, ali na praça os motoristas lavavam os carros vermelhos na água do repuxo e — ó anjo milagroso da manhã — cruzava a porta o medonho anão de boina com os jornais do dia. O primeiro ônibus ainda de luzes acesas, a primeira revoada de pardais, o último conhaque de pé — à sua espera no fundo do corredor o sórdido quartinho de pensão.

Por vezes reage, apara o bigodão, escova o terno azul. Não tem sorte com as meninas, perdido e sozinho no fim de noite.

— Era a mulher da minha vida. Por que é que eu não sabia? Como que ninguém me contou?

Babando na gravata de bolinha e tropeçando na sarjeta:

— Não tivesse casado com o garçom eu a esquecia. Hoje estava com outra. Agora fiquei preso a ela para sempre.

Toda manhã jura nunca mais beber, os ferozes riscos da navalha na cara inchada. Paga a uma e outra bailarina — e jamais duas vezes a mesma.

Xinga a sargenta do Exército da Salvação que lhe acena risonha com *O Brado de Guerra*.

Belisca as crianças (só as meninas) no Passeio Público.

Seguindo os aleijados assobia no compasso da bengala e da muleta.

Aos cães vagabundos que rondam o bar oferece bolinho de carne com vidro moído.

Guia o cego pelo braço. Espera acender a luz vermelha. Larga-o no meio da rua.

O guardador de bêbados

Rondando a porta ele observa os bêbados espalhados pelas mesas ou debruçados no balcão. Em casa o bêbado pode ser — como decerto é — uma barata leprosa, que insulta a mulher, agride o filho, expulsa na chuva o cachorro. No bar o bêbado é feliz, como ele é brilhante, amorável e compassivo, ninguém mais cordial. Muito que se demore, hora de ir para casa: a mão treme ao erguer o último copo. No outro lado da rua o tipo à espera. Cambaleantes ou não, os bêbados são o verdadeiro mistério do mundo. Como podem atravessar a rua inimiga sem ser atropelados? Os cachorros vagabundos, esses, foram todos estraçalhados — exceção de um e outro capengante à roda do mesmo quarteirão, sem mudar de calçada.

Enfim um a um os bêbados se decidem e surgem à porta; o nosso tipo nunca é pressentido, atrás do poste ou à sombra da árvore. Os bêbados olham dos dois lados, cruzam ligeirinho a rua, posto que deserta. No instante em que, no meio da pista, são ameaçados por um carro em disparada, o tipo grita o nome de um e outro. Pensa que eles se perturbam — o que seria morte certa —, indecisos ou parados? Não interrompem a corrida e apenas ao alcançar o outro lado, seguros na calçada, só então se voltam, bamboleantes mas salvos. Inconscientes do tipo, são por ele guardados na travessia da selva sanguinária. Ou como você explica que, por mais labirintos em que se enredem, nunca se percam no caminho, encontrem sempre a porta exata, que fecham atrás de si com a segunda volta da chave? Milagrosamente estão em casa, cuidado não acordar a criança com febre, a mulher de sono leve — tateando a parede, na pontinha do pé avançam pelo corredor escuro. Que fim levou o tipo: agachou-se no vão da escada ou embrulhou-se na cortina do banheiro?

João some três dias com uma dona qualquer no quartinho de pensão — e para não ser molestado, o tipo guarda-lhe a porta. Barbado e imundo, volta arrependido, insinua-se de fininho no corredor. O copo de leite quente no pires, a santa senhora vai encontrá-lo todo vestido na cama, o lençol até os olhos. Em pânico — ela não vê o ratinho roxo ali na parede? —, baixa o lençol e retorce a boquinha trêmula: por que não esmaga a aranha subindo no pé da cama?

Um dia por semana José anuncia:

— Hoje é dia da mãezinha.

Engole um cálice depois de outro:

— Não posso fazer a mãezinha esperar.

Seguido pelo tipo que, ao vê-lo entrar, espiona através da cortina xadrez da janela. José beija a mão da velha senhora, enche o cálice de rum, senta-se no banquinho onde ela descansa o pé inchado.

— Por que você bebe, meu filho?

Com gesto de desconsolo, ele não responde.

— Seu pai não morreu do coração.

A mesma cena que se repete uma vez por semana.

— Ele se matou com um tiro na boca. No quarto de hotel, ao lado daquela vagabunda — e sem tremer a agulha de crochê, a doce velhinha murmura a canção de ninar para o seu menino.

Porque baixinho, André bebe e usa grande sapato. Compra o jornal de domingo, distribui os muitos cadernos pelos dois bracinhos. Não é feio, o anãozinho, óculo escuro e voz rouca:

— O triste da noite é dormir com uma mulher.

Nunca os amigos souberam da mulher com quem ele dormiu. Gosta mesmo de beber e conversar. Madruga para o trabalho e sempre à mesma hora deserta o barzinho. Em vez de ir para casa, esgueira-se rente aos muros até o Passeio Público. A sombra de um plátano, vigia solitário, o pezinho dobrado; cada dez minutos muda de perna, dobrando o outro pezinho. Uma brasinha de cigarro marca o seu lugar. Surge o gigantesco soldado negro e, quando André pergunta a hora ou pede fogo, o nosso tipo se afasta piedosamente.

Se Vavá bebe, não é a bebida que lhe faz mal, mas a friagem da noite. Assim que sai do bar, estende o lencinho sobre a cabeça — um perigo o sereno!

Solitário cambaleia pela rua escura, rodeiam-no as mocinhas com a vermelha língua dardejante. Sem pressa, ele escolhe, discute preço e condição. Decidido, acompanha uma delas ao fundo do corredor ou escada acima.

[39]

Para surpresa da menina e do tipo que escuta atrás da porta, Vavá não se deixa tocar. A menina executa o seu número, dirigida por ele, sentadinho bem quieto, olho arregalado, fio de baba no canto da boca, a mão enterrada no bolso.

Eis o bêbado que desperta com o dedinho de leve na orelha:

— Querido, como você dorme. Já de manhã. Oito horas!

Ergue-se na cama, em pânico: o relógio da catedral retumba no peito as oito pancadas fatais. Como voltar para casa, que desculpa inventar? Aleijado por um carro, mordido por gato raivoso, estuporado em coma alcoólico? Quem sabe inocente roda de pôquer?

Sem lavar mão nem rosto — você toma banho e não molha o cabelo? —, o pigarro de beijo podre, cigarro amargo, bebida azeda na ponta da língua e nas dobras da alma. Onde achar um telefone? Como salvar a felicidade conjugal? Examina com indignação, desprezo e afinal ódio a pobre companheira enrolada no lençol.

— Por que me olha assim, querido? Culpa minha não é. Eu quis chamar. Você dormia, tão sossegado. Ao guardador de bêbados quem o guarda? Senta-se desolado na beira da cama, ela afaga-lhe timidamente o cabelo — ali ficamos os dois ouvindo o relógio que batia as oito e um quarto.

A rosa despedaçada

A menina de onze anos chegou de noitinha, descalça, guarda-pó branco e sacola de pano ao ombro, sentou-se diante da mãe.

— Lavar as mãos, minha filha — e dona Mafalda serviu-lhe o caldo de feijão.

Ao erguer-se a menina, que fim levara a peça de algodãozinho? Esbofeteada pela mãe:

— Foi o Josias!

O filho do médico, noivo da sobrinha do prefeito, um gigante de dezoito anos, dono da única moto da cidade.

— O Josias abusou da minha filha! — aos gritos dona Mafalda saiu pela rua.

A queixa abafada na correntinha falsa de ouro, amostra grátis de xarope, o emprego de servente na prefeitura para a velha Mafalda, que ainda se desforrou com a vara de marmelo na filha.

No recreio os meninos faziam fila à sombra do muro: a todos a garota recebia, bem quieta na grama, o vestidinho erguido até a cintura. Por um estojo de pó de arroz era (com roupa) a diversão noturna dos caixeiros-viajantes. Sem roupa custava mais um punhado de bala azedinha. Oferecia-se por uma volta na roda-gigante do parque Politeama Oriente.

Aos dezesseis anos veio com a mãe para Curitiba. No edifício de estudantes (três ou quatro em cada apartamento), ela percorria os andares, dando-se por um maço de cigarro, meia maçã, palavra gentil, simples sorriso. De tarde e à noite encontrada em certo barzinho. Acompanhava os desconhecidos em troca de sanduíche misto ou passeio de carro.

Conheceu o moço que por ela se apaixonou. Comprou-lhe vestido branco de filó, calcinha negra de renda, sapatinho dourado. Depois que bebia, ele a espancava:

— Sua cadela, vigarista, leprosa!

Ao vê-la em lágrimas, rastejava-lhe aos pés a fim de ser castigado.

De madrugada batia em todas as portas do corredor:

[43]

— Sei que ela está aí. Não faço nada. Só a quero de volta.

E choramingava diante da porta fechada.

— Abra, querida.

— Não abro. Quer me bater.

— Juro que não. Pela mãezinha do céu.

Tanto o rapaz se humilhar, ela abria — e o braço erguido para se defender do bofetão e pontapé. Aos berros fugia para o corredor, olho inchado e descabelada, rasgando a blusa, a saia, a última pecinha. Ele a envolvia no paletó, a beijá-la em delírio se recolhiam sob as palmas dos vizinhos. Às três da tarde ela enfeitava-se diante da janela aberta e todos os tarados da cidade agarravam de mão trêmula o binóculo. Com a reclamação do síndico, obrigada a mudar-se de um para outro edifício. Do 1º ao 8º andar entregava-se ao desconhecido no elevador. Torturada por um sádico ficou alguns dias no hospital, assistida pelo rapaz. Quando lhe transmitiu doença vergonhosa, o moço não a espancou, para surpresa de ambos, e aplicou ele mesmo as injeções. Em bacanal no famoso quarto dos espelhos, surpreendida no uniforme de normalista.

Tão depressa engravidou, logo abortou. Grávida segunda vez, e para que aceitasse o filho, o moço propôs casamento. Nome tradicional era pouco, exigiu corrente de ouro e dois casacos de pele, além do carrinho vermelho. Foi antes ao asilo de velhos pedir a bênção de dona Mafalda. À saída, preveniu o rapaz que de nada lhe valia conhecer as sessenta e quatro posições do Kama Sutra. Gritar de amor só com o infame Josias, arrebatada para sempre na garupa da moto, franjinha ao vento. O moço chorou de ódio, assim mesmo casou. Ela teve o filho e, bem que mãe desvelada, continua a enganá-lo. Desde o motorista de táxi e o porteiro do edifício até o garoto que entrega as compras. Com nem um deles suspira e, olho parado no teto, corre descalça atrás da menina de guarda-pó branco, ó cravo ferido, ó rosa despedaçada.

O defunto bonito

— Sei que estou velho. Agora só me resta morrer.

*

— Maria, como era mesmo o nome de minha mãe?

— Ora, meu velho, era Alicinha.

— Isso mesmo. Alice de Sousa em solteira. E Alice Sousa dos Santos, de casada.

*

— Eu sou feio? Basta morrer, você nunca viu defunto mais bonito.

*

Da pressão alta, amparando-se na parede para não cair, ouviu às suas costas:

— Olhe aí o velho bêbado, que vergonha!

*

Tentou em vão, não podia acertar que nem chupeta na boca de criança.

*

No velório cruzou os braços, indignado:

— Veja o que fez, barbaridade, esse rapaz.

O defunto bem quieto no seu caixão.

— Bobo de morrer quem nunca morreu antes.

*

— Nem chupar uma balinha de mel. Pronto me dá azia.

*

— Ainda acordado, João? Em que é que está pensando?

— Se o Juquinha desconfiou do que eu disse.

— Qual Juquinha. Durma. Deixe de bobagem.

*

— Mania dela de ler jornal. Todo dia tem de saber quem morreu.

*

Na cabeceira da mesa, ergueu devagarinho a xícara, que retiniu e tremeu no ar. Segunda vez ensaiou, entornando metade no pires:

— Muito frio o café... — e derrotado recolheu a mão.

*

Soprando com fúria os brancos pelos da narina, sugava ruidoso a sambiquira da galinha e aplaudia no estalido de língua.

*

[48]

Mão trêmula tenteando o buraco de agulha invisível, um fio de baba na gravata, sentadinho ali no canto do pátio, escutava as folhinhas de samambaia crescer.

*

— Melhora a convivência do casal — não é, Maria? — depois que um deles fica viúvo. De que serve uma mulher dormindo ao meu lado se estou sempre sozinho?

*

No meio da frase a cara toda se contorce assim ele fosse espirrar, espreme o olho e arregaça a gengiva. Os outros na mesa quedam suspensos. Em vez do estrondo e explosão de perdigotos, perde-se no silêncio a medonha careta. Repete-se a cena segunda e terceira vez: é um defeito na maldita dentadura, que ele ajusta sem valer-se da mão.

*

Olho esgazeado no fundo da noite: roía o silêncio o marulho furtivo de uma bala azedinha que se derrete debaixo do travesseiro.

*

— Vivo por força de xarope e cápsula de três misturas. Não presto mais para nada. Minha mulher quer que eu morra.

*

— Você é o tal do Juquinha! Para o irmão caçula, que saiu chorando de sentimento: ele nem me conhece.

*

O colarinho dança no pescoço, a cinta na barriga, o relógio no pulso, o anel no dedo. Sempre esquecido da braguilha aberta, quer fugir de pijama e chinelinho, sacode o cadeado do portão, esconde-se do enfermeiro com a pavorosa agulha de injeção.

*

Sacolejando a cabeça na porta da igreja, boné xadrez na mão gaguejante. Eis que a velha beata depositou uma moeda no boné.

— Deus lhe ajude! — não se deu por achado.

*

Peludo irrompia do banheiro. A dona cercava-o na porta com a toalha:

— Você não se enxugou — e a persegui-lo aos gritos. — Espere que eu te visto.

Todinho nu exibia-se para as meninas da vizinhança.

*

Ao ser visitado por velhos amigos e parentes:

— Esse aí eu conheço. De você eu me lembro, hein? Bem que de mais ninguém se lembre.

— Por que não veio a tia Madalena? Sempre lá na janela?

A pobre da tia Madalena finadinha há vinte anos.

*

[51]

Ao dar com a imagem no espelho do corredor, cumprimentou furioso o intruso que, na sua casa, lhe usurpava o querido boné — ainda bem que o outro, tão desfigurado e pescocinho fino, estava nos últimos dias.

*

— Não podemos descer, o João todo molhado — avisou o irmão.

*

Queria rever a casa dos pais falecidos. Reclamava a malinha para a viagem. Subia no carro, logo na esquina cochilando. O carro circundava o quarteirão, trazido de volta. Duas vezes por semana a viagem simulada em busca da broinha de fubá mimoso da sua infância.

*

Ao ler o nome no diploma da parede: — Maria, esse doutor *honoris causa* quem foi?

Tutuca

— Maldita' roda de pôquer. Bebi demais. Não me deixaram sair. Dormi no sofá. Meio-dia, não é? Não se preocupe, minha ve...

No meio da frase a mulher bateu o telefone. Bem que a Tutuca prometera acordá-lo às cinco da manhã. Bêbada também, dormiu a pobrezinha (além de suspirar no gozo, mordia-lhe o braço, riscava a unha no peito). Às nove da noite entrou ressabiado na cozinha. Maria foi para a saleta de televisão. Meia hora depois João entrou na saleta, ela foi para o quarto. João entrou no quarto, ela deitada de costas no escuro.

Dia seguinte deparou um recado no camiseiro, debaixo da escova de roupa: *João: Deixe dinheiro para as compras — Maria.* Muita graça do bilhete nominado e subscrito, apenas os dois na casa. Ela na pior fase, os filhos casados, ainda sem a distração dos

[53]

netos. Com o amor pela Tutuca crescia a ternura por sua pobre velha, transbordava o coração de carinho para as duas.

A tarde inteira com a Tutuca, chegava cedo em casa, não conseguia encontrar-se no mesmo aposento com Maria. Se lhe falava, asinha ela se afastava, sem parar para ouvir. Decidiu rabiscar um recado: *Maria: Amanhã o jantar do André. Você precisa ir* — e assinou com um sorriso.

Ela não voltava da visita ao filho, obrigou-se a ir só. Uma e outra noite não a achava: *João: Fui dormir na casa da Alice. Seu prato está no forno* — *Maria.* Ainda bem não temperava com pimenta o feijão nem misturava sal no açucareiro. Desolado, instalava-se no sofá; a televisão ligada, sem a olhar, o copo na mão. Bebia até dormir sentado, um fio de baba no queixo. No almoço ele na sala, a mulher na cozinha. Jantava fora com algum colega (telefonava para Maria, única resposta o silêncio). À medida que bebia ficava pensativo, suspirava fundo, sacudindo os punhos crispados:

— Tutuuuca... — seu brado de angústia era o susto dos amigos.

Se, como pretendiam, não o amava por que voltava sempre? Voltava quando não havia outro — antes ele do que a solidão. Muita vez aceitou proposta de terceiro e com ele partia, amigada seis meses com um delegado de polícia. Desiludida, retornava para João, que a esperava com uma rosa no vaso, a torta de moranguinho na geladeira, a pecinha vermelha sobre o travesseiro. No seu ombro chorou a traição do outro. Ele a consolava, empenhado em fazê-la sentar, não alcançava a boca sem que ela se inclinasse. Dançavam sobre o tapete, Tutuca descalça cantava-lhe no ouvido, rouca e fora de tom — nem por isso menos querida. Beijava-a em pontinha de pé e, tanta ânsia, o morango inteiro passou de uma para outra boca.

Na cama fazia loucuras para os seus sessenta anos, arrancando suspiros sinceros ou fingidos nunca soube. Ela apenas gemia, entre mil beijos fogosos João falava sem parar. Como era, aos olhos da fria e lúcida Tutuca — um velhinho, sim, guapo e galhardo, peito forte?

Valorizada pela sua paixão, os amigos a assediavam — e um por um a desfrutaram, logo decepcionados.

Moça qualquer, alta demais, que desfazia no famoso coronel dos velhinhos. Se deixasse a mulher pelos braços rapinantes da Tutuca não lhe davam três meses de vida.

— Dona Maria é uma heroína.

Mais gloriosos três meses de vida seriam. Sua danação pela Tutuca permitiu-lhe entender Lucrécia Bórgia, Madame Bovary, Ana Karênina. Ah, se pudesse apagar o sol — presente de aniversário dar-lhe a noite sempiterna.

— Seja bobo, meu velho. Ela recebe os gostosões, promove bacanais. Bebem a sua bebida, comem a sua comida, deitam na sua cama. Deixe essa bandida que o está arruinando.

Com o risco de perdê-la refloria a paixão. Oculto na esquina, espiava a janela iluminada. Atrás da cortina os vultos abraçados, retalhos de música, certo riso canalha. Sem coragem de irromper no apartamento, menos o receio do escândalo que o pavor do abandono. Dia seguinte os discos arranhados, livros rasgados, lençóis revolvidos — o violão de corda rebentada.

— Tem mais: é lésbica!

Com a revelação jurou que, antes de voltar para a Tutuca, daria um tiro no ouvido. Insistiam os amigos que dona Maria era santa, ele rato piolhento de esgoto. Santa podia ser, mas imprestável na cama.

— Não sei de nada. Só quero a minha Tutuca — e o grito lancinante de saudade. — Tutuuuca...

Era lésbica? Melhor, mais excitante, das outras não tinha ciúme.

Chegou para jantar, a mesa nua, o fogo apagado: *João: Papai está doente. Não me espere — Maria*. Obrigado a fritar dois ovos, roeu naco de pão. Alguns dias sem beber, cedo para casa. Maria diante da televisão, ele no quarto com um livro. João diante da televisão, ela no quarto ouvindo rádio.

João: Papai precisa de você — Maria. Acompanhou o velhinho ao hospital. Queixou-se ao doutor, ele também, tontura e sangue pelo nariz. Tão desgraçado, comia demais, engordou seis quilos.

Censurar a pobre velha não podia. Nem arrepender-se de amar a sua Tutuca. Como não amá-la se era o sal na clara de ovo? Sem João que seria da coitada, além de bandida, lésbica e, se fosse pouco, sofria de ataque?

[57]

— Ai, não aguento mais... Que saudade da Tutuca — as lágrimas correndo na carinha enrugada. — Onde está você? Tutuuuca!

Estava com o outro, com os outros, uma cadela a qualquer um se oferecia.

— Ai, Tutuca, por quê? Ai, meu pai divino, onde estás que não respondes?

Estralava o nó dos dedos, assim tivesse perdido o dinheiro, as chaves, a pasta de processos.

— É a maior das fingidas — admitiu para os amigos. — Bem que descobri. O que ela contou é mentira, tudo mentira.

Depois de suspirar fundo:

— Só o amor dela é verdadeiro.

Às cinco da manhã deu com a porta do quarto fechada. O primeiro ímpeto derrubá-la com pontapé. Muito cansado para discutir. Não percebia a velha que sua atitude injusta lançava-o nos braços da devoradora Tutuca? As duas poltronas trinta anos lado a lado não eram sagradas?

No antigo quarto da filha o seu pijama e o chinelo. No camiseiro as cuecas e camisas bem arrumadas. Teria a velha confidenciado a uma amiga:

[58]

— Assim que ele morra eu começo a viver.
Ai dela, se morresse antes que João?
Acordou com o chicote do sol no rosto. Mãozinha
trêmula, cobriu o olho. Caso a situação durasse, escolhia as palavras do bilhete: *Maria: Favor...* (ai Tutuca)
coloque (ai Tutuuuca) *cortina janela — João.*

Me responda, sargento

Dez anos, sargento, apartada do João. Uma tarde, sem se despedir, montou no cavalinho pampa. Em dez anos de espera nunca deu notícia. Com a morte do meu velho, que me deixou o sítio, quinze dias atrás lá estava eu, bem quieta, cuidando da casa e da criação, ajudada pelo meu afilhado José, esse anjo de oito aninhos. Quem vai entrando sem bater palma nem pedir licença? Maltrapilho, chapéu na mão para fazer vida comigo. Mais de espanto que saudade aceitei, bom ou mau, eu disse, é o meu João.

Nos primeiros dias foi bonzinho. Quem não gosta de uma cabeça de homem no travesseiro? Logo começou a beber, não me valia em nada no sítio. Eu saía bem cedo com o menino a lidar na roça, o bichão ficava dormindo. Bocejando de chinelo e desfrutando as regalias. Não quer castigar o corpinho, um punhado de milho não joga para as galinhas. Só então, sargento,

[60]

burra de mim, descobri o mistério. Ele voltou por amor da herança. Na primeira semana vendeu o leitão mais gordo do chiqueiro, não me deu satisfação. O sargento viu algum dinheiro? Nem eu. Ontem chegou bêbado e de óculo escuro. Espantou o menino para o terreiro e, fechados no quarto, bradou que eu tinha um amante, o meu afilhado bem que era filho. Antes de contar até três, eu dissesse o nome do pai. Mais que, de joelho e mão posta, negasse o outro homem, por mim o testemunho dos vizinhos, ele me cobriu de praga, murro, pontapé. Pegou da espingarda, me bateu com a coronha na cabeça. Obrigou a rezar na hora da morte e pedir louvado. Que eu abrisse a boca, enfiou o cano, fez que apertava o gatilho. Não satisfeito, sacou da garrucha, apagou o lampião a bala. Dois tiros na minha direção, só não acertou porque me desviei. Uma bala se enterrou na porta, a outra furou a cortina, em três pedaços a cabeça do São Jorge. Cansado de reinar, deitou-se vestido e de bota. Que a escrava servisse a janta na cama. Provou uma garfada e pinchou o prato, manchando de feijão toda a parede: *Quero outra, esta não prestou*. Deus me acudiu, ao voltar com a bandeja ele roncava espumando pelo dente de ouro. Agarrei meu filho, chorando e rezando corri a noite inteira. Ficasse lá no sítio era dona morta.

E agora, sargento, que vai ser da minha vida? Que é que eu faço?

Clínica de repouso

Dona Candinha deparou na sala o moço no sofá de veludo e a filha servindo cálice de vinho doce com broinha de fubá mimoso.

— Mãezinha, este é o João.

Depressa o tipo de bigodinho foi beijar a mão da velha, que se esquivou à gentileza. O mocinho sorvia o terceiro cálice, Maria chamou a mãe para a cozinha, pediu-lhe que o aceitasse por alguns dias.

— Como pensionista?

Não, hóspede da família. Irmão de uma amiga de infância, sem conhecer ninguém de Curitiba, não podia pagar pensão até conseguir emprego.

Dias mais tarde a velha descobriu que, primeiro, o distinto já estava empregado (colega de repartição da Maria) e, segundo, ainda que dez anos mais moço, era namorado da filha. A situação desmoralizava a mãe e comprometia a menina. Dona Candinha discutiu com a filha e depois com o noivo, que achava a seu gosto a combinação.

— Sou moço simples, minha senhora. Uma coxinha de frango é o que me basta. Ovo frito na manteiga. Dona Candinha os surpreendia aos beijos no sofá. A filha saía com o rapaz, voltavam depois da meia-noite. Às três da manhã a velha acordava com passos furtivos no corredor.

— Você põe esse moço na rua. Ou tomo uma providência.

— A senhora não seja louca.

Maria era maior, podia entrar a hora que bem quisesse, a velha estava caduca. Assim que a filha saiu, dona Candinha bateu na porta do hóspede, ainda em pijama azul de seda com bolinha branca:

— Moço, você ganha na vida. Tem como se manter. Trate de ir embora.

De volta das compras (delicadezas para o príncipe de bigodinho), a filha insultou dona Candinha aos gritos de velha doida, maníaca, avarenta.

— Não vai me dar um tostão para esse pilantra. Ai, minha filha, bem me arrependo do dia em que noivou.

Maria nem pôde responder:

— Eu, sim, me arrependo do dia em que a senhora casou.

Sentiu-se afrontada a velhota, com palpitação, tontura, pé frio. Arrastou-se quietinha para a cama, cobriu a cabeça com o lençol:

— Apague a luz — ela gemeu. — Quero morrer.

Susto tão grande que o rapaz decidiu arrumar a mala. Manhã seguinte a velha pulou cedo, alegrinha espanou os elefantes coloridos de louça. A filha não almoçou e antes de bater a porta:

— O João volta ou saio de casa. A vergonha é da senhora.

Dona Candinha fez promessa para as almas do purgatório. Tão aflita, em vez de rezar dia por dia, rematou a novena numa tarde só.

— Menina, não se fie de moço com dente de ouro.

— Lembre-se, mãe, a senhora me despediu.

— Vá com seu noivo. Depois não se queixe, filha ingrata.

De tanto se agoniar dona Candinha caiu de cama.

— A senhora não me ilude. Finge-se doente para me castigar. Com este calor debaixo da coberta.

— Muito fraca. Eu suo na cabeça. O pé sempre frio.

[65]

Deliciada quando a moça trazia chá com torrada. Terceiro dia, a filha irrompe no quarto, escancara a janela. Introduz o gordo perfumado:

— O médico para a senhora.

Que a examinou e, para o esgotamento nervoso, receita cura de repouso.

— A senhora vai por bem — intimou a filha. — Ou então à força.

Queria o convento das freiras e não o hospital, que lhe recordava o falecido, entrevado na cadeira de roda. Umas colheradas de canja, cochilou gostosamente. Às duas da tarde, o aposento invadido pela filha, o noivo e um enfermeiro de avental sujo.

— É já que vai para a clínica.

— Eu vou se não for asilo de louco. Bem longe do doutor Alô.

Um táxi esperava na porta, o noivo sentou-se ao lado do motorista, ela apertada entre a filha e o enfermeiro. Quando viu estava no Asilo Nossa Senhora da Luz, perdida com doida, epilética, alcoólatra. Nunca entrava sol no pavilhão, a umidade escorria da parede, o chão de cimento. De noite o maldito olho amarelo sempre aceso no fio manchado de mosca.

— Quem reclama — era o sistema do doutor Alô — ganha choque!

Ao menor protesto ou queixume:

— Olhe o choque, melindrosa! Olhe a injeção na espinha! Olhe a insulina na veia!

Um banheiro só e, depois de esperar na fila, aquela imundice no chão e na parede. A louquinha auxiliava a servente que, essa, fazia de enfermeira. Intragável o feijão com arroz, dona Candinha sustentava-se a chá de mate e biscoito duro. Engolia com esforço o caldo ralo de repolho. Vinte e dois dias depois recebeu a visita da filha, o noivo fumava na porta.

— A senhora fazendo greve de fome?

— Na minha casa o arroz é escolhido, o feijão lavado.

— Só de braba não come.

Daí a tortura da sede. Servia-se da torneira no banheiro, não é que uma possessa vomitou na pia? Foi encher o copo, deu com tamanho horror. Embora lavada a pia, guardou a impressão e sofria a sede.

— Doidinha eu sou — disse uma das mansas. — Meu lugar é aqui. Mas a senhora, fazendo o quê?

[67]

Uma lunática oferecia-lhe bolacha e fruta. Mandou bilhete na sua letra caprichada, a filha só apareceu domingo seguinte.

— A senhora não está boa. Nem penteia o cabelo. Não cumprimenta o doutor Alô.

— Essa ingratidão não posso aceitar — e abafava o soluço no pavor do choque. — Não sou maluca e sei me mandar.

— Prove.

— Com o túmulo do seu pai. Já pintado de azul.

Instalado na casa, o noivo regalava-se com ovo frito na manteiga, coxinha gorda de frango.

— Quem não come — advertia a servente — vai para o choque!

Dona Candinha encheu-se de coragem e choramingou para a freira superiora que não tomava sol, sofria de reumatismo, com a gritaria das furiosas quem pode dormir?

Ao cruzar a enfermaria, a freira chamou uma das bobas:

— Você é nova aqui?

— Entrei ontem, sim senhora.

— Se tiver alguma queixa, fale com dona Candinha. — E batendo palmas de tanta graça. — É a palhaça do circo.

A servente largava o balde e o enxergão, sem lavar as mãos aplicava a insulina na veia de uma possessa. Dona Candinha fingia tossir e cuspia a pílula escondida no buraco do dente.

Chorando de manhã ao se lembrar do tempo feliz com o finado. À noite, chorava outra vez: menina tão amorosa, hoje a feroz inimiga. Não doía ter sido internada — culpa sua não sair da cama. Mas, sabendo o que sofria, a moça não a tirasse dali.

— Minha própria filha? — estalou baixinho a língua ressequida. — Que não me acudiu na maior precisão?

Surpreendida rondando o portão, confiscaram-lhe a roupa, agora em camisola imunda e chinelo de pano. Sem se aquecer ao sol, sobrevivendo aos golinhos de chá frio e bolacha Maria. Tão fraca nem podia ler, as letras embaralhadas mesmo de óculo.

— Olhe essa mulher, doutor — era a filha, vestido preto de cetim, lábio de púrpura, pulseira prateada. — Domingo de sol, uma pessoa deitada? O dia inteiro chorando e se queixando. Aqui não falta nada, que mais ela quer?

— Vá-se embora — respondeu docemente a velha.

— Desapareça da minha vista. Você mais o dente de ouro.

De dia o rádio ligado a todo o volume. À noite, a gritaria furiosa das lunáticas. Sentadinha na cama, distrai-se a velha a espiar uma nesga de céu. Com paciência, amansa uma mosca das grandes, que vem comer na sua mão arrepiada de cócega. Há três dias, afeiçoada à velhinha, não foge a mosca por entre as grades da janela.

O beijo de judas

Armado de uma xícara trincada, o marido feriu-lhe a mão que, toda em sangue, ela esfregou na sua camisa branca:

— Veja o que me fez, diabo!

Muito sofreu desde o primeiro dia:

— Na manhã do casamento já me arrependi. Papai chorou tanto que soluçava. E uma voz me disse não ia dar certo. O noivado na sala de porta aberta. Beijar ele a beijou, mas foi tudo. Menina ingênua, não estava preparada pela mãe. Ele, grandalhão e bestial, a coitadinha miúda e delicada. Primeira noite João foi de uma violência... Doeu mais que uma gota de álcool no ouvido.

— Grande bruto que é. Um soco arrancou o dente da própria mãe!

Bastou se queixasse de dores, expulsou-a da cama para o sofá vermelho da sala. Seis dias enrolado quietinho no lençol. No sábado jogava longe a coberta. Sem carícia ou palavra, gostosamente refocilava-se.

Tanto se lamentou, agora repelida do sofá:

— Largue-se já daqui.

— Vá dormir na rua.

— Tire tudo o que é seu, cadelinha. Erga-se desta casa.

No retrato colorido sobre a cristaleira o bandido erguia o véu e beijava a noiva na testa.

— O beijo de Judas — comentou a sogra. — Até no mesmo lugar.

Barulhento, grosseiro, renegava as despesas. Gorda e bonita, a moça desse um jeito no corpo e pagasse as contas. Nem trazia uma fruta para a sogra, entrevada no fundo da cama.

*

— Ai, João. Bem que me judiou. Vê como estou acabada?

Até uma boqueira no lábio — de muito sofrer?

— De mim fez uma escrava. Com a separação mais gordinha.

— Não disse que era geniosa?

— E podia ficar quieta quando gritava comigo?

— Você é de sangue ruim. Puxou pelo pai.

— Do meu pai não fale. Se alguém me provoca eu me defendo.

— Primeira vez que te vi, Maria, me lembrou uma pardalzinha. Tratar com água, miolo de pão e alpiste. Agora bonita de rosto.

— Mais gordinha. De quatro meses — e esfregando os dedinhos gelados. — Provamos tudo, João. Não deu certo.

— Que será de você, sozinha, uma criança nos braços? Não tem saudade do sofá vermelho?

Peruca loira e botinha preta

Às quatro da tarde na esquina combinada. Esperou alguns minutos, ela não viria, a grande aventura dos cinquenta anos? No espelho retrovisor eis o vulto que se insinuava à sombra do muro. No sol de verão, casaco preto, botinha preta, além da peruca loira. Abriu-lhe a porta.

— Bem doida — gaguejou, ofegante. — Não devia.

Ele ergueu a ponta da luva preta, beijou-lhe a mãozinha trêmula.

— Depressa. Meu marido em todas as esquinas.

O homem levou a mão ao casaco, apalpou aqui e ali.

— Viu que loucura? Agora satisfeito? Imagine se...

Ele arrancou, o coração disparado.

— De mim fez uma perdida. Para onde me roubando?

Ainda protestava quando ele recolheu o carro no abrigo.

— É hotel suspeito? Alguém me vê, sou mulher falada.

Tremia nos seus braços enquanto a beijava e fungava-lhe no pescoço.

— Eu nunca o João enganei.

Bem por isso mais excitante. Abriu oito botões do casaco felpudo: toda nua desde a peruca até a botinha.

— Que vai fazer, querido? Tenha pena de mim. Eu nunca...

Beijavam-se longamente debaixo do chuveiro tépido.

— Ai, molhei o cabelo — deu um gritinho. — Se ele descobre, nem pensar. Muito brabo. Desconfiado ele só.

Obrigada a desfilar de peruca e botinha em volta da cama. Ajoelhado no tapete, ele correu o fecho até o tornozelo:

— Ai, meu anjo, como é branco o teu pezinho.

Esfregava o bigodão na perna gorducha, deliciando-se ao ver a pele que se arrepiava e os pelinhos que se eriçavam. Tivesse ali na coxa uma pinta de beleza? Não é — intuição? visão do paraíso? milagre? — que tinha mesmo, olho negro de longas pestanas!

[75]

— De mim não judie, querido.

— Você me põe furioso.

As mais incríveis posições que, sem prática, não podia rematar. Docilmente ela seguia as instruções, franjinha no olho verde arregalado. Bufando ele empurrou a penteadeira ao pé da cama, refletidos de corpo inteiro no espelho oval.

A pedido, insultado de cornudo, veadinho, tarado. Esbofeteou-a de mão aberta: filete de sangue manchou o travesseiro. Ter-lhe-ia queimado o bracinho na brasa do cigarro se, no último instante, não suplicasse perdão com mil beijos molhados.

— Quer mais, sua cadela? O quê? Senhora honesta? Não me faça rir. Uma bandida de calçada. Há de me beijar os pés. Quem é melhor na cama — ele ou eu?

— Ai, querido. Por amor ganhou o que o João... desde a primeira noite... quis à força!

Longe demais para se arrepender: espirrou-lhe no rosto contorcido de gozo a espuma do champanha.

Deixou-a na mesma esquina, abotoada no casaco, olheira escandalosa para mãe de família.

— Querida — e lhe reteve a mão. — Quando a próxima vez?

Esgotado o repertório, o preço de um chicotinho qual seria?

— Não devia... Uma doida. Nunca mais. Só existe o meu João.

Seguiu-a pelo espelho, que se afastava ligeira, a bela misteriosa. Qual o seu verdadeiro nome? Concederia novo encontro? Oh, não — esquecida no banco uma luva preta.

Meia hora depois entrava em casa. O filho diante da tevê, a filha falando ao telefone, a sogra debruçada no tricô. Afastou um cacho grisalho e beijou na testa a mulher no vestido azul de bolinha.

— Como foi de escritório, meu bem?

— O mesmo de todos os dias. E você?

— Fiz uma torta de morango.

Esgueirou-se no banheiro para esconder os sinais da aventura.

— O jantar na mesa, João.

No quarto abriu a gaveta do camiseiro. Retirou do bolso a luva perdida, guardou com a outra.

— Já vou, minha velha — e foi ocupar a cabeceira da mesa.

Paz e guerra

Os porcos de João arruinando as plantações, ele sai com a foice atrás de quem reclama. Cachaceiro, não é do trabalho e vive à custa da mulher.

Sábado, um nadinha embriagado, vai à casa do compadre André, que se mostra arredio e nega-lhe o adeus.

Sem descer do cavalo, bateu palmas, a vizinha surgiu à janela:

— Que você quer?

— Fazer as pazes. A senhora me rogou praga.

— O diabo que o carregue.

Só não morreu porque gritou. André acudiu de espingarda na mão. A dona bradando praga e nome feio. João agarrou-a pelo braço. Ela gritava e oferecia o rosto para que João batesse. Queria bem à vizinha, não foi bobo de bater.

— Na lua cheia o cachorro late, abro a janela. Esse bandido roubando milho. Última vez levou três galinhas.

— O vizinho quer ver?

João abriu a camisa, retirou a correntinha de cobre, exibiu o crucifixo:

— Juro por este crucificado. Se intriga não for, minha alma é do diabo!

Pigarreou, cuspiu, indicou a dona:

— Agora a vez dela jurar.

A vizinha não jurou. Eis que um tiro atingiu o cavalo no pescoço. Corcoveou o tordilho, João levou o maior susto. Presto sacou da pistola, deu no gatilho para assustar. Apontou a esmo, não é que a comadre gemeu:

— Ai, minha perna. Acuda, estou cega.

Segunda vez explodiu a espingarda. Com um grito João perdeu-se a galope em nuvem de pó.

A *noite não tem segredos*

Com o retrato colorido na porta — *Rita Palácio, estrela do bailado afro-brasileiro* —, era a primeira bailarina da boate Marrocos. O gostosão convidou-a para a sua mesa.

— Está louca, menina? — o gerente preveniu. — O tipo é gigolô.

O famoso Candinho, rei da noite, campeão da sinuca, mestre do pôquer. Bem soube agradá-la: três noites estouro de champanha, era o requinte. Quarta noite saiu com ele — a moça pagou o táxi e o hotel.

Rita o amou: era lindo e explorava-a sem dó. Bebendo no balcão, já não fazia despesa com ela. Bom durão, não dançava. Alisava a costeleta e exibia a falha do pré-molar — o galã penteia mil vezes o fulgurante cabelo negro, sempre esquece de escovar os dentes.

Proibia programa com outro, forçada a pedir emprestado ao gerente, ao garçom, ao porteiro. Arrastou-a para uma festinha com segundo casal. Nua, o marido vendou-lhe os olhos. Surgiu a mulher e beijou-a por todo o corpo. Ao lado da cama, o ganido afogado do doutor, fazia lá sabe Deus o quê.

Às quatro da manhã, fechada a boate, ia ao encontro do Candinho no clube — os jogadores a frestavam por entre as cartas.

— Puxa, nego, teu amigo não me deixa em paz.

Truculento, ele partia para o massacre.

— Mas que loira linda.

— Você viu, Candinho, o que esse tipo falou?

Ouvia e fingia que não.

— Que foi?

— Ai, que loira mais linda.

Atirou-lhe na cara punhado de fichas. Com dois murros o rival desacordado debaixo da mesa.

Candinho gostava de bater, Rita de apanhar — e, ai dela, não era dos que batiam para se excitar.

Ao vê-la de barriguinha, o cabelo no olho, um dos jogadores doidamente se apaixonou. Feio, calvo, bigodinho e Rita à primeira vista o aborreceu.

Desse o Candinho tinha ódio. Era encontrá-lo e agredi-lo. André, mais fraco, punha-se em fuga; nem

[81]

se queixava à polícia, casado e medroso da mulher. Candinho batia nele e batia nela, ambos inocentes. Se o surpreendia no clube:

— Fora, rato piolhento. Senão apanha na cara.

Olho baixo, o outro recolhia as fichas.

— Ganhando ou perdendo?

Perdendo, podia sair depressa. Ganhando:

— Leva o teu. O lucro é da caixinha.

Grávida de sete meses, Rita discutiu na rua com o distinto:

— Ele ia gostar de mim com essa barriga?

Derrubada num bofetão, o pontapé errou o ventre. Com uma pedra ela feriu-lhe a testa, esguichou sangue: cinco pontos no pronto-socorro e a cicatriz até hoje.

O pequeno Candinho foi estrondo de champanha na noite:

— Sabia, querido? Nasceu o filho da Rita Palácio.

Sem pagar o hospital (perdeu no pôquer o último dinheiro), nosso herói esperou-a no táxi, ela saltou a janela com o embrulho no braço.

Para atender o cueiro e a mamadeira, Rita chamou a mãe.

— Que foi que lhe deu em três anos? — quis saber dona Lula.

Dois filhos (nasceu uma menina, bem menor a festa) e cinco abortos. Nada mais, nem um vestido, uma joia, um dente postiço.

— Todo dia eu deixo tantos cruzeiros para a velhinha — anunciava Rita com orgulho. E a santa senhora, lenço branco na cabeça, se desdobrasse para alimentar a família.

Assediada pelos coronéis, sem falar no gerente, no garçom, no porteiro, no chofer de táxi, no delegado e, pior que todos, no sórdido tira com quem, por ordem do patrão, Rita devia fazer programa de graça. Para sobreviver, bebia, e não morrer de tristeza, viciada no fumo e na droga.

Por perto sempre o André. Convidava-a para jantar, cinema, passeio de carro — o mais que lhe permitia era o beijo na mão. Ganhou anel, peruca, relógio de pulso. O anel o Candinho vendeu, a peruca dona Lula empenhou, o relógio Rita usou.

Primeira noite no hotel, André ofereceu champanha. Espargiu pétalas de rosa no corpo. Cobriu-a de beijos da ponta do cabelo até a unha do pé. Em troca, pediu que lhe batesse com o chicotinho, que trouxe escondido no paletó — e este gosto ela negou.

Candinho exigia a comissão sobre a bebida, discutia com o gerente. A ela só restava mudar de inferninho. Do Marrocos fez a ronda do Gogó da Ema, 1810, La Vie en Rose, Sereia Azul, Jane 1, Jane 2, Bira's, Tiki Bar, Cavanhaque, Maxim, Luigi, Star Dust, Grace e Moulin Rouge.

Mal abria a casa chegava o André. Vingança, precisão, embriaguez, acompanhava-o de vez em longe — ele escolhia o melhor apartamento e, para seu desespero, Rita entretida com a tevê. Enquanto ela se banhava (passaram-se anos até que o aceitou debaixo do chuveiro), abriu a carteira vermelha de couro: Rita não era, porém Maria da Luz, o nome mal desenhado nos garranchos infantis.

— Ai, que nojo de bigode! — e obrigado a rapar o precioso bigodinho.

Para extorquir dinheiro sempre uma história de aflição: a garganta do filho, a barriga d'água da mãezinha, a conta de luz, o conserto da tevê, o aluguel da casa, o aborto senão a gravidez.

Na cama o velhinho mais fogoso que o garanhão.

Vê-la era subir aos pulos trinta e um degraus — o coração ganindo de alegria. À espera que Rita saísse do banheiro (fazia-o agoniar-se, lixando a unha, fumando sentada um cigarrinho), perguntava-se quantos a teriam cavalgado — um regimento inteiro de sargentos da polícia? Três ou trezentos — se o coração era puro — que diferença fazia? Deslumbrado ouvia a glória dos seus amores. O dentista que, por uma hora de prazer, lhe deu geladeira azul. O gorducho nojento paga o dobro desde quê. A Olguinha persegue-a, por força beijada na boca. Sem falar dos tarados — ela, que os aceita como são, nem sabe que o são.

Monstro de vulgaridade? Por esse monstro ele enxugava no bolso o suor da mãozinha fria. Acendendo um cigarro no outro, soprava-lhe distraída a fumaça no rosto. Olhinho de vaga-lume aceso a cada freguês que entra, chamava sem parar o garçom pelo nome:

— Pinguim, mais um coquetel. Outro martini, Alfredão. Outro licor, Marreco. Cadê meu uísque, Luís?

Toda noite briga com outra bailarina, marcas azuis no braço e na perna (o lábio ferido, o olho roxo eram da mão pesada do Candinho). Sempre com tosse, do cigarro, do gelo, da friagem da madrugada — e, disfarçado na manga, ele trazia o xarope de agrião. Esfomeada, entre arrotinhos engolia o prato inteiro de amendoim. Ele desfalecia de gratidão quando Rita lhe enfiava uma simples pipoca na boca. Inocente, não se apercebia das manobras às suas costas. Pretexto do banheiro (e a cada quinze minutos ia ao banheiro), Rita parava aqui e ali. Cochichando com uma e outra, abraçada por esse e esfregando-se naquele. Demorando-se junto ao balcão, recebia recado e marcava encontro — de tanto esperar mais de uma noite André cochilou no seu canto.

— Queria uma peruca.

— Ai, perdi o reloginho. Me dá outro?

— Domingo é meu aniversário. Já pensou no presente?

Podia não soletrar o nome, bem espertinha:

— O tarado de óculo me deu anel de rubi.

— Se não tolera o tipo, por que aceitou? Por que não o vende? Ou joga fora?

— Jogo no mesmo dia em que você me der outro.

O gesto delicioso com que esfregava o nariz um nada torto:

— Ai, coceguinha chata. Será que é das bichas?

Ele sonhou que lhe servia na cama chá de funcho e gemada com vinho branco.

De repente quem irrompia bêbado no salão? Sem cuidar do chapéu, André sumia pela primeira porta. Não podendo fugir, resignado a apanhar, protegia o rosto com o braço.

Dos outros Candinho não se incomoda. A ele persegue-o aos pontos de encontro — quem os pode revelar senão ela? Arrancando-o do táxi, Candinho chegou a destroncar o próprio braço, exibido orgulhosamente na tipoia — ali no gesso, entre a coleção de assinaturas, de quem a mal rabiscada letrinha?

Se André quer agarrá-la, ela tosse:

— Ai, tosse desgraçada — e perde o fôlego, uma lágrima no olho vermelho. — Estou podre.

Sacudida de acessos, dobra-se na cadeira:

— É do cigarro — e acende mais um, antes que a beije. — Ai, como é gostoso.

Volta a tossir, sufocada.

— Será tosse nervosa, nego?

O suspiro de êxtase quando ela se desfez do sapato, porque baixinha mais querida. Nele enroscou-se, uma correição de formigas na parede.

Inútil ser meigo e doce, ela só entende palavrão, desprezo, tapa na cara.

[87]

Muito à vontade, serve-se de cafezinho no balcão, íntima do porteiro e da arrumadeira. Dos cento e noventa quartos do famoso Hotel Carioca teria estado em cada um com tipo diferente — e em não sei quantos mais de uma vez!

Se André cultivava delicadezas morais, debatia-se ferozmente para sobreviver, ela, a velha, os três filhos. Ao despedir-se do menino adorado de cinco anos beijava-o na boca — e podia, com o mesmo lábio, ao cliente de uma noite conceder carícia proibida? Sua ingenuidade o comovia: para a comichão no seio esfregava açúcar no mamilo. Engolia quinino para o aborto. Com o filho na benzedeira, azulzinho de desidratação:

— É doença de macaco?

A negra velha mandou quebrar um ovo na água do banho. Pendurar atrás da porta galhinho de arruda. E se cuidasse, a mãe, do cafetão que rondava a porta.

André convidou-a para um domingo no Passeio Público: mão dada com a filha pequena visitariam o pinguim, se lambuzariam de algodão-doce, beberiam chope, brincariam de pedalinho — quem disse que a ingrata apareceu?

Quanto mais ele se humilhava, mais era exaltada: égua branca de fogo, terceiro olho na testa, querubim de cinco asas, mão de seis dedos, boca de sete espirros. André posto em adoração:

— Não geme, é? Não quer dar o gosto? Já te ensino.

Ela, nada.

— Ah, não gemeu? Agora vou fazer tudo!

Ela, nada.

— Não quer gemer, sua? Te arrebentar toda!

Ela, nada.

— Ai, ai, me acuda. Ai, querida!

Ela, nada.

Não admitia que a despenteasse, negava-lhe o menor carinho:

— A boca é para beijar meu filho!

Com a desculpa da dor de cabeça, fome (devorou inteiro o sanduíche), indisposição (peso no estômago), tosse (o culpado só ele, que a deixava aflita). Sempre impaciente:

— Arre, tanto você demora!

E ligando para a portaria:

— Esse táxi não vem?

Sinais roxos no ventre — maus-tratos de um sádico?

— É dos nervos, muito amolada. Ou do fígado? Não posso me contrariar.

A indignação com que foi reclamar para a tia Hilda:

— Governador lá das negras dele! — e erguendo o vestido exibiu as queimaduras de cigarro.

O procurador-geral fazia o mesmo, porém com a brasa do charuto. Esse não a despia, rasgava-lhe o vestido de alto a baixo, é certo que dava outro, mais bonito.

André xingado com medonho palavrão para que batesse — e no princípio atendia medroso. Depois tomou gosto, vingando-se de todas as humilhações, apesar do falso queixume:

— Assim não, nego. Não com força!

Do tapinha ao sonoro bofetão:

— Quer mais, sua cadela?

Piscando de gozo os cílios postiços:

— Ai, minha peruca... Tirou do lugar!

Pediu-lhe no aniversário um carrinho vermelho: cada madrugada uma bailarina não era violentada pelo chofer de táxi? O carro não podia comprar, mas emprestou o seu, quase novo.

— Um favor, querida. Não passe diante de casa. Que minha mulher não veja.

Rita enchia de bailarinas o carro, na direção o Candinho, desciam para uma bacanal na praia. Ele fazia questão de lavar o carro nas ondas. Após meses de uso, antes de devolver, arrebentou-o no poste. Candinho perdia no jogo. Uma e outra cafetina pagava-lhe as dívidas. Para salvá-lo da Ávila, da Otília, da Dinorá, da Alice, da Uda, vendendo joia, vestido, casaco de pele, Rita comprou-lhe carrão preto caindo aos pedaços. No calhambeque Candinho perseguia o táxi em que ela ia ao programa no hotel. Quando ele partia ao encontro de outra, caçava-o do bar ao clube, do clube a casa — conhecida de todos os motoristas. Bêbada, alucinada, às cinco da manhã, batia na porta. De óculo e pijama de bolinha, o pai vinha atender:

— Candinho não está.

Ou:

— Dormindo.

— Quero ver. Está com outra.

O velho ameaçava chamar a polícia. Surgia o Candinho, calado e pálido de raiva. Arrastava-a pelo braço, na rua o primeiro tabefe. Abandonada de olho preto no quartinho da pensão. Excitados, ela mais do que ele, ainda faziam o amorzinho. Até que a castigou duas vezes: batendo e negando o prazer final. Ordenava que, na volta da boate, lavasse o beijo dos outros.

— Se eu lavo, fica novo, não é?

Apanhava não porque mentia, só que mentia mal.

— Não sei como pode. O velho é podre.

— Só quero o dinheiro.

O idílio com o médico que a assistiu no último parto; além de nada cobrar, dispensou a conta do hospital. Depois foi receber em carícias na boate. Bêbado, confessou que era enganado pela mulher. Linda, ele a amava, ainda que o traísse com o melhor amigo. Explorava-o nos pedidos de dinheiro. Pavor de ser abandonado, trabalhava dia e noite no hospital. Ela fazia temporadas na praia com o amante. Mostrou-lhe na carteira o retrato do filho adorado; de repente o rádio no bolso disparou, o doutor sentiu-se mal, Carregado escadaria abaixo: era ataque do coração — bem quando Rita ia mobiliar o apartamento.

O delegado entrou bêbado numa roda de policiais. Chamou-a, serviu uísque puro, oferta do patrão:

— Sai comigo.

— Não posso, nego. Um encontro no Bar do Luís.
O Candinho.

Agarrou-a pelo braço:

— Apanhe a bolsa.

— À força, eu grito.

— Grite, que não adianta.

No carro dele ao Hotel Carioca. Rita no banheiro,
eis que batem na porta.

— Quem é? — perguntou o delegado.

— O porteiro.

O tipo alcançou o revólver debaixo do travesseiro,
com ele na mão foi abrir. Rita, que conheceu a voz,
apanhou a tesourinha na bolsa:

— Se atirar nele, eu te mato.

Candinho entrou possesso de fúria.

— Vim te buscar.

— A moça não sai — disse o delegado.

— Estou desarmado — e abriu o paletó.

O outro enfiou o revólver no cinto.

— Ela veio porque quis.

— Mentira, Candinho. Me forçou.

— Ah, é? À força ninguém entra no quarto.

— Não deixou sair.

[93]

— Você vem, Rita? E nos filhos não pensa?

— A moça fica.

— Fez de mim um corno. Homem não chora. E eu aqui chorando por uma bandida.

— Tem que respeitar a moça — avisou o delegado. Pelo telefone pediu cerveja, que os dois beberam aos pequenos goles, sem oferecer para Rita, ressabiada na porta do banheiro.

— Pode ficar com ela — e o Candinho enxugou a espuma no lábio trêmulo. — Tudo acabado.

Em desespero a moça não largava a tesourinha.

— Boba de correr atrás — disse o delegado. — Não quer você.

Serviu-se dela sete vezes naquela noite.

Apresentou-a aos pais, propôs amigação. Fim de semana a levou à praia. De volta, ela viu passar o calhambeque, pneus carecas dançando loucamente na curva.

— Candinho tem vindo todas as tardes — disse a velhinha. — Abraça os filhos. Chora com o nenê no braço: *Tua mãe não presta.*

Rita ouviu a porta abrir-se: ele, mão no bolso, mortalmente pálido.

— Não tenha medo. Não vou bater.

Ela chegara às seis, o delegado viria às oito da noite.

— Tenho um encontro.

— Sai comigo.

Rita enfeitou-se e, quando soou a buzina, saiu com ele de braço dado. Ao cruzarem o carro, os faróis piscaram três vezes: último adeus do delegado.

— A única de quem gostei — confessou o Candinho. — Com você até casava. Sete anos de quanta traição? Ainda magro, mas de barriga, coçou a cicatriz na testa e sorriu no dentinho de ouro, lembrança da Dinorá. Para esquecer de Rita, cultivou dois casos, um com a Nenê, outro com uma loira nariguda, Valquíria. Uma não tinha medo da outra, as duas medrosas de Rita, que rasgou no Rosa's o vestido vermelho da loira e queimou no varal, com a brasa do cigarro, as calcinhas rendadas da Nenê, uma de cada cor.

Rita dormindo, a mãe remexia na bolsa.

— Ó velhinha gastadeira — e a moça reduziu a mesada. — Horror de gente dinheirista.

Realizava o milagre dos pães, a velhinha. Não fosse ela, que seria das crianças? Disputando com a filha por

[95]

um punhado de arroz. A noite senta-se um minutinho diante da tevê, já cabeceia, vencida de sono. O nenê chora, a moça liga o rádio a todo o volume:

— Qual dos dois cansa primeiro?

Bêbada, Rita ingeriu vinte comprimidos, dormiu três dias e acordou com dor de cabeça. Cortou um pulso, ardeu muito para cortar o segundo.

— Ai, mãezinha, morrer dói muito.

André não dava dinheiro em casa, os credores confiscaram o carro, os filhos perderam o ano porque não pagou o colégio.

— Bem feito, nego — nunca dizia o nome, eram tantos, não confundir um com outro. — Não falei, nego?

— Para você, querida — lá se ia uma nota e mais uma.

Rita escovava o longo cabelo dourado, pintava os negros olhos, mascava pastilha perfumada, fumava sem sossego. O lábio azul de mordidas oferecia-se para o beijo, logo recusado: a luz cortada, nove dias entre as sombras de uma vela. A solidão do Natal sem presentes. Os filhos pipilando à sua volta:

— Mãezinha, o que eu vou ganhar? E eu, mãezinha? E eu então, mãezinha?

Sair pela rua à caça de homem? Só encontrou quem? De braço com a loira, sempre ele, o seu perdido amor. O grande Candinho. O eterno gigolô das damas da noite. André aplicou um golpe na praça, foi malsucedido. O retrato no jornal, por ela recortado — VIGARISTA PRESO. Da penitenciária mandou-lhe no aniversário um postal colorido. Certo dia a velhinha chamou da janela:

— Venha ver, Rita. Quem está aí.

A moça correu na esperança que fosse o Candinho. Era apenas o André, do outro lado da rua, no vão de uma porta. Ela não sorriu. Ele a olhou muito, afastou-se de cabeça baixa.

Que fim levou o vampiro de Curitiba?

Que fim levaram as doces polaquinhas do Sobradinho, Petit Palais, Quinta Coluna, Pombal e 111, nas camisolas de cetim coloridas como túmulos festivos de Araucária e que, por um copo de cerveja preta, nos iniciaram a mim e você no alegre mistério da carne?

Que fim levaram as gloriosas cafetinas de legenda retumbante no céu da nossa história — ah, quanto mais que o cerco da Lapa e outros barões assinalados! —, ó Ávila, loira de novecentos quilos, que reinava no salão de espelhos como Tibério na ilha de Capri, ó Dinorá, que custeou a faculdade para muito doutorzinho de gentil presença, ó Alice, fada negra que fervia no caldeirão água quentinha para as suas meninas, ó Uda, que às três da tarde recebia os ungidos do Senhor (até você, Gaspar?), ó Otília, que explorava as pretinhas, mas defendia ferozmente os cachorros, os papagaios e os doidos, que fim levou o seu pupilo Pedro Aviador que não me deixa mentir?

Que fim levou a garçonete banguela do Café Avenida, possessa de ciúme, durante o sono do galã — por um triz não foi você, não fui eu —, com certeiro golpe de navalha arrebatou-lhe a única valia do homem?

Ai, que fim levou o Candinho do cabelo fulgurante de brilhantina, rei dos cafetões que, passinho floreado no tango, de cada bailarina fazia uma escrava para toda a vida, e às duas da manhã, no Bar Palácio, cobrava ingresso por um quadro vivo do Kama Sutra — em que repartição pública será exímio datilógrafo com nove dedos para não quebrar a longuíssima unha do mindinho esquerdo?

Que fim levou a maravilhosa negra Benvinda, só me conhecia por Nelsinho, era o negrume entrevisto na espuma do leite, não era os fogos secretos da escuridão, que fim levou a pobre?

O grande Carlinhos que fim levou, brigava com três e quatro e cinco, a todos batia na cara, cujo desafio com o grande Edmir, na esquina das ruas Murici e Pedro

Ivo — batalha suspensa por uma carga de cavalaria, quando os dois já estavam de manga arregaçada —, não seria guerra maior que a de Aquiles da Grécia com Heitor de Troia?

E as bailarinas da Caverna Curitibana, que fim levaram elas, dos braços que nem serpentes perfumadas de seda entre os quais rodopiei a minha valsa dos quinze anos e trinta e três amores?

Que fim levaram o João Banana, ao ouvir seu apelido erguia furioso a bengala e a perna mais curta escorregava — eu não disse? — na casca invisível, e o Cachorrinho, ao assobio dos piás com o dedo na boca, rugia tantos e tais berros que derrubava das árvores aqui um pardal, ali duas tijiticas?

E o Calejo que aos uivos corria atrás de você, a mãozinha boba espirrava flores de espuma — ai, se a baba te pega você grita vinte e quatro horas, acorda igualzinho a ele?

Os famosos epiléticos que fim levaram — ah, todas as ruas eram povoadas de epiléticos! — com seu grito lancinante, quem ouviu nunca mais esquece, sua borbulha na língua mordida, sua pocinha de água na calçada?

E o Homem da Capa Preta que fim levou, inteirinho nu debaixo da capa, chispando impávido na bicicleta, erguendo o vestido da moça e da velhota para roubar uma peça de algodãozinho — não tens piedade, ó Senhor? — nem sequer enfeitada de renda?

Que fim levou o bordel encantado das normalistas, a luz vermelha na porta aberta para o quarto dos espelhos, onde desfilam as virgens loucas de gravatinha rosa, blusa branca, saia azul? E os seus caderninhos (com um escoteiro na capa) das composições sobre *A Primavera* e *Um Dia de Chuva* que boi comeu, que fogo queimou, que água apagou?

A Nélcia que fim levou, a do amor dos treze anos, que resumiu as dores e alegrias de todos os outros, dela o primeiro beijo, o primeiro chapéu, o primeiro bigodinho — ai de mim, o primeiro adeus não foi o último?

Que fim levou o grande Neio, mestre na academia de danças, que se enlaçava de costas no galã e, por mais que você fizesse, nunca errava o passo — em que silêncio eterno bailará sozinho a rebolada rumba?

[101]

Que fins levaram a francesa do cachorrinho, que ensinou a casado, desquitado e viúvo — principalmente ao viúvo — todos os vícios do cabaré de Paris, e a bendita mineira Célia da face calipígia, a arte do amor em Curitiba não se divide em antes e depois dela?

Que fim levou a Juriti — e com tal nome como não amá-la? —, que trinta anos adorei perdidamente à traição, a ingrata não fazia mais que trocar de noivo, ó Senhor, quando chegará afinal a minha vez?

Que fins levaram a Lucila de verde olho esbugalhado, foi rainha dos jogos universitários, bebeu anis com gelo picado até rolar na sarjeta, e internada no Asilo Nossa Senhora da Luz, antes de saltar os cacos de vidro do muro, beijou na boca a freirinha da touca de esvoaçantes asas brancas?

E a célebre Natachesca, teúda e manteúda no sobrado da rua Voluntários da Pátria com vitrais azul e vermelho, o fluxo e refluxo da maré não obedecia ao arrepio do seu umbigo?

E as loirinhas gorduchas do Bar Palmital, que serviam abraçadinho de camarão com batida de maracujá e, pelas costas do feroz patrão do olho de vidro, um beijo depois outro mais outro beijo furtivo — ainda agora sinto, debaixo da língua, beijos e abraçadinhos?

O Nô que fim levou, sambista de breque, dono do circo das mulas azuis, coçava a tromba vermelha e batia os dentes, Deus te livre ser boêmio na fria noite curitibana — de copo na mão congelou-se no Bar Polo Norte?

Que fim levou a Valquíria, a minha, a tua, a Valquíria de todos nós, deixá-la nua era abraçar o arco-íris, quanta tristeza escondia no claro sorriso para que embebesse em querosene o vestido negro de cetim e — por quem és, Senhor — riscasse um fósforo?

E o grande Paulo, rei da boate Marrocos, no alto de sua barriga e de seus trinta e um degraus (não pagar a conta era descê-los num pulo só) exibia as gringas mais fabulosas e vigaristas — *dá-me um ui'que, papito?* —, uma delas era sozinha a guerra do Paraguai, em cada pai de família descobriam o filho pródigo, uma noite de amor com elas era morrer um ano mais cedo, que fim levou ele e as tais que fim levaram?

Ah, que fim, que trágico fim levaram os viados de antanho, o tenente Ribeiro em luvas de couro batia palmas aos meninos de calça curta nos desfiles da Semana da Pátria, que fim levou o gordo Leandro, a vergonha da família, quando ainda era vergonha um viado na família, e que fim levou o terceiro, mulato e baterista na bandinha da base aérea, do qual não sei o nome?

Que fim levou o vampiro louco de Curitiba, esgueirava-se de mão no bolso à sombra da meia-noite, não era o velho Jacó assobiando com medo do escuro?

E que fim levou o lírico necrófilo que, no cemitério do Juvevê, desenterrou a mocinha morta de tifo preto, ao clarão da lua com ela casou e, na agonia da despedida, marcou-lhe o rosto de gulosos beijos azuis — seria o coveiro? o pobre noivo seria? não seria você, hipócrita pai de família?

E as Misses Curitiba que fim levaram, coxas fosforescentes no maiô colante, em que poço se afogaram? em que fogueira se incendiaram? em que formicida com gasosa de framboesa se envenenaram?

Que fim levou a Sílvia, três vezes cega do uísque falsificado, em cujo quarto você acordava no céu com os sinos da catedral repicando ali na janela?

E afinal eu, o galã amado por todas as *taxi-girls,*
que foi feito de mim, ó Senhor, morto que sobreviveu
aos seus fantasmas, gemendo desolado por entre as
ruínas de uma Curitiba perdida, para onde sumi, que
sem-fins me levaram?

Eu, bicha

Prova que não odiava a mulher era o seu noivado, embora malsucedido; no fundo as moças, por mais bonitas, não eram a besta bíblica com fluxo de sangue e, por mais perfumosas, não recendiam a cadela molhada de chuva? Dormir nunca mais, cometesse a loucura de se deitar, assanharia os demônios à espreita nas sombras — acendia a luz e diante do espelho beliscava o nariz, repuxava a boca, esse não sou eu, minha não é essa mão de estranho contorno, que foi feito do inocente menino?

Do sol o cavalo de fogo empinava-se no céu, ao primeiro canto da corruíra voltava para casa e, sob o olhar preocupado da mãe (*força é mudar de vida, meu filho*), tomava o café com leite e comia o ovo mexido na manteiga.

Não sabia dizer a hora e o dia em que, mesmo acordado, começou a ser atraído por outro homem.

O corpo de moço bonito, mais bem construído que o da mulher, não pode ser altar de sacrifício? Se tem reservas de delicadeza que não suspeitam essas chocadoras de ovo de basilisco? Não é a nudez de Davi mais ofuscante que a de qualquer caveira insepulta de Jezabel?

No corredor do Cine Curitiba, diante dos cartazes, compenetrava-se que ali era chão sagrado. Se um dos eleitos me der o sinal (uma lágrima no olho, um suspiro na voz, a súplica do fósforo, a dúvida da hora, o arrepio de um sorriso, a pontinha da língua no canto da boca), meu Deus, que será de mim? E por que estou, há quinze minutos, a adorar o retrato colorido de Django?

Em pânico espiando para trás sem querer. Lá vai ela, diriam os ungidos de olho na nuca, querendo saber se é seguida. Perdia-se noite adentro, cruzava com outro guardião das horas mortas. Abelha, zunia ais lancinantes não captados por ouvido profano, vaga-lume, piscava à sombra do muro, morcego, tatalava asas feridas no vão da porta. Que fazia o mocinho roendo unha ali na esquina, vigiando o casal de namorados no portão, à espera do rapaz que se despedia faminto da sempre negada carícia? No cinema o impulso de beijar o tipo faceiro na cadeira ao lado — e no rosto sonhador do outro seguia o brilho do peixe na água. Declinou a proposta da noiva — grita e uiva, ó barata leprosa de olho pintado. Satisfazia-se com os furtivos contatos no campo de futebol, viajando sem descanso e sempre de pé no ônibus. Na mesma procura distinguia os fanáticos da igreja secreta: o Emílio, calvo, casado e pai de quatro filhos, a Madre Maria dos Anjos, sórdida bicha velha, de óculo e bigode branco (a mão fria, decerto), o André puxando pelo pé torto, Janguinho o decadente goleiro negro no seu colete vermelho de lã. Rondava o obelisco do relógio na praça Osório e surpreendia os iniciados que, como ele, observavam de mão no bolso e olhar maníaco os meninos de pernas nuas correndo atrás da bola. Nos outros reconhecia o mesmo cuidado com a mão (a unha do mindinho tão longa e bem tratada como a sua própria), certamente rapavam a axila espumante de fogo, um e outro pintava o bigodinho sobre o dente de ouro, nenhum exibia a sua feroz barba avermelhada.

Com o Emílio, no sábado, apreciando a saída do inferninho proibido. De carro seguiram duas mocinhas requebradas. Dele a iniciativa se queriam dar uma volta.

— Qual você prefere? — e antes mesmo da resposta.

— A loira magra é minha.

Foram ao apartamento do amigo. Beberam meia garrafa de conhaque, ele mais que os outros. Pronto o Emílio desapareceu com a sua gorducha no quarto. *Com licença* — pediu a loira e foi retocar a franjinha no banheiro.

Ele cobriu o abajur com um xale encarnado. Braços abertos, estendeu-se no sofá: essa bicha me paga, quem ela pensa que sou, uma carnificina entre as bichas da cidade. Ela veio conchegar-se no seu peito.

— Não aperte, meu bem. Assim dói.

Ó fingido soluço: braço poderoso, a loira era mais forte. Desamparado na vontade de chorar — um ano inteiro de agonia. A ele coubera a missão de implacável matador? Sua bicha louca. Deitados, sem se tocarem, aos poucos aquietava-se o sofrido coração. Querida bicha louca. Era a paz, já não tinha medo.

[109]

Última corrida de touros em Curitiba

Casou no sábado e logo na terça entrava em casa às três da manhã. A noiva em pranto, de chapéu e a malinha de roupa, todas as janelas iluminadas:

— São horas? Um homem casado? De chegar?

O Dadá fazendo meia-volta, no passinho do samba de breque:

— Não cheguei, minha flor. Só vim buscar o violão.

Tornou duas horas depois — a pobre moça dormia, o rosto úmido de lágrimas, a maleta esquecida ao lado da cama.

Mulato pintoso e sestroso, bigodinho, cabelo para o crespo. De sargento da polícia a professor de educação física: peito forte, brigador. Passista premiado no famoso baile do Operário. Boêmio desde menino, casado não mudou de vida: saiote vermelho de crepom, chupeta gigante no babador, porta-estandarte do bloco *Senhora dona, guarde o seu balaio.* Farrista, com amantes, a mulher era uma heroína, por que não santa?

Bêbado, descalçou o sapato e a meia, que dona Cotinha recolheu:

— Jogando tudo pelo caminho. Essa meia molhada! Não está chovendo...

— Suo muito no pé.

— Num pé só? Tomou banho com alguma vagabunda, não foi? Ah, bandido.

— Por que o Tito não gosta de você?

— Sei não, minha flor.

— Por que será, hein?

— Me viu na cama com a mãe dele.

Se dona Cotinha perguntava a que hora:

— Esta noite não volto nunca mais.

Aquela manhã, o chuveiro jorrando sem parar, a mulher estranhou a sua demora. Gritou por socorro, a porta arrombada — de borco no ladrilho, sofrera um derrame. Dez dias em coma no hospital, se sobrevivesse ficaria entrevado.

[111]

No décimo dia, desesperada, a amante decide visitá-lo. Bate na porta, que é aberta pela esposa, ao lado das filhas:

— Com licença.

Quando disse as palavras mágicas: *Com licença*, lá do fundo do inferno ele ouviu:

— Aaaahhhhhnnn... — uivou na maior agonia.

Sem fala, um lado perdido do corpo — vez por outra pingavam uma gotinha d'água no lábio gretado. Com olho aflito indicava a garrafa sobre a mesinha. Morria de sede e, no delírio, uma fonte gelada corria-lhe pelo rosto e encharcava os cabelos crespos do peito.

Ainda era pouco, tinha de suportar as visitas:

— Como vai o nosso doentinho?

E a megera, muito importante:

— Provou duas colheres de papinha.

Alisava o suor frio da testa:

— Fez xixi direitinho. Obrou um nadinha.

Solícita e implacável, enxugando-lhe o queixo com o guardanapo amarrado ao pescoço:

— Dadá, eu bem disse, não facilite — e indiferente ao clarão de ódio no olho estagnado. — Você bebe demais. Come demais. Já não é moço. Pensa que ligava? Dadá, olhe a extravagância. Um dia pode ter uma coisa. Veja o que aconteceu. Bem eu não disse? Tamanho horror às visitas, à comadre de florinha, ao papagaio de vidro, decidiu não se render. Aprendia a falar. Sugeriu corrida no pátio para os hemiplégicos — o prêmio ao vencedor um par de muletas com ponta de borracha.

Em casa, nas tardes de sol, carregado e instalado numa cadeira de braços no jardim — sobre a palhinha dura o retalho humilhante de plástico. Manta xadrez nos joelhos, cochilava de cabeça tombada no peito, um fio de baba no queixo que não podia enxugar.

Deliciado com o trino da corruíra, um cacho dourado de giesta, as folhinhas do chorão faiscando ao arrepio da brisa com vozes esganiçadas — verde, verde! O deslumbramento repentino de estar vivo e, roendo fininha, a saudade da amante. Primeira vez depois do insulto cerebral aquela ânsia de viver. Tentou mexer um dedo — a resposta longínqua do nervo entorpecido. Morrer como homem, não barata leprosa de caspa na sobrancelha. E a sombra das folhas na cabecinha trêmula, adormeceu.

Presto um ribombo no céu, estalido de grampos no varal, o vento que batia as portas:

— Recolha a roupa. Maria, feche a janela. Prendeu o Nero?

O temporal rebentou com fúria, ensopava-lhe o cabelo grisalho, o pijama de pelúcia, quem sabe lavasse as gotas vergonhosas do café com leite. Aos trancos ergueu a cabeça, a chuva rolando pela cara retorcida, um olho meio aberto nunca piscava — era uma coisa, que a família esquecia na confusão de recolher a roupa e fechar as janelas?

Minutos depois o grito da mulher em pânico:

— Minha Nossa Senhora! O Dadá... lá fora!

Do fundo da garganta gorgolejou o glorioso palavrão.

Dali a um mês, arrastando os pés, com duas bengalas, já podia sair. A primeira visita para a amante. A segunda, ao bar de costume.

Promoveu a corrida de hemiplégicos e, como de esperar, foi o vencedor.

Última alegria porque logo morreu engasgado com a semente da batida dupla de limão.

[114]

Moela, coração
e sambiquira

Velho não merece de viver. Me dou por avisado, o homem é rato piolhento e o filho do homem barata leprosa — o inimigo do homem é o seu filho mais querido. Com a ingratidão do filho, que roa as unhas o pai, depois de comer as flores murchas do caixão. Setenta anos trabalhei por meus filhos: repartam as meias e cuecas, em nove pedaços rasguem o único chapéu. Lulo é deles o mais caro, quarenta anos com ele fiquei gastando. Hoje estou velho, minha pensão não dá para nada. Em troca da bendita casa, ele me garantia o almoço, com direito a dois aperitivos e dois pães, de noite a sopa com dois aperitivos e um pão. Faça as contas: qual de nós tem a ganhar?

Finadinha a velha, fiquei com um quartinho e o usufruto — o resto da casa ele ocupa. Por ela me pagaria pequeno aluguel para as despesas. Mulherengo não sou. Agora que perdi a peticinha, vez em longe me consolo com uma viúva. Estranhando a falta, o bichão acorda de madrugada e, mal de mim, logo adormece. Aos setenta anos já não sou dado a amigação. Meu passadio? Essa comidinha. Cerveja não me assenta. Cigarro é de palha. Vida folgada desde que ele pagasse o aluguel. Ah, mais a noiva. Sim, o fordeco que me custa um nadinha. E esse filho desnaturado não cumpre o prometido. Juquinha, o mais velho, ainda perguntou: *Pai, o Lulo tem dado o dinheiro? Não tem dado*, respondi, *bosta nenhuma.*

Minha nora, ela, demais me maltrata. Faz pose para mim, a desgracida. Naquele dia da minha ruína, empurrou o prato como quem dá a um cego na porta. Pedacinho mais duro de carne magra... Mal quis reclamar: *Agora não tenho tempo, vovô.* E eu: *Você é uma desbocada, minha nora.* Até a criação, deixa sofrer necessidade. O tordilho no potreiro, que é de estimação, dele judia para me castigar. Já viu cavalo de tanta fome comer polenta azeda? Ainda esperamos, o tordilho e eu, encontrar essa dona pedindo esmola na escadaria da igreja. Aposto que na cama o cobertor é só para ela. Não tem um fio e uma agulha para costurar o botão da minha camisa?

Irmão eu me fiz do cachorro sarnento que lambe a própria ferida. Meu coração é uma chaga só de lepra roedora. Onde o dia em que a moela da galinha gorda era aqui do bichão, a moela mais o coração e a sambiquira? Ofendido com tais palavras, montei na noiva, convidei um amigo, fomos para a zona das mulheres. Lá pedi um bife acebolado e dois ovos fritos, sem falar nos dois aperitivos e nos dois pães. Apreciando à nossa volta as meninas em camisola dourada de seda, bebi uma e outra gasosa de framboesa. À noitinha, muito regalado para casa. Nem bem entrei, a nora fechou uma janela com tal estrondo, quase rachou o meu óculo. O Lulo quieto na mesa sem toalha, uma pinguinha ao lado, olho sem piscar de tão bêbado. É filho ingrato, mas nunca me respondeu. Ela bateu a segunda janela, na sua maneira delicada de me botar na rua. Eu perguntei pela sopa. A sopa garantida de cada dia, todos os dias de minha vida. Mais que depressa: *Não tenho tempo, vovô. Nós vamos ao circo.*

Falasse com bons modos, essa maldita, eu mesmo ia junto, até oferecia as entradas. Não me contive: *Se vocês estão bem que podem ir ao circo, por que não pagam o aluguel?* Daí que o Lulo primeira vez me contestou:

[117]

O dinheiro, pai, o senhor já comeu e já bebeu. Para um bêbado foi uma frase longa. Bradei com murro na mesa: *Conhece que está morto, carniça!* Na zona vou armado, um velho de brio não pode ser desfeiteado. Abri o paletó, puxei da pistola, fiz fogo. A fulana que me salvou, desviou o braço, o tiro espatifou o elefante vermelho da cristaleira. O Lulo, esse, largou o copo de pinga, perdeu um chinelo ao sumir pela janela. A dona me empurrou na cadeira e, todo o peso de gorda, plantou-se no meu colo. O neto, esse anjinho de sete anos, me puxava pela manga: *Não, avozinho... Não faça isso, avozinho...* Chorando, o pobre, de pijaminha, descalço no cimento frio. Ela não me largava o braço, a todo custo queria servir a sopa. Até cálice de vinho doce com broinha de fubá mimoso sugeriu. Sacudi do joelho a bruxa, fiquei de pé: *Agora fala na sopa, sua vaca braba.* Caminhei até a porta, o menino agarrado na manga, afaguei-lhe a cabecinha: *Nada não, meu filho. Já passou. O avozinho vai dormir.* Abri a carteira (os retratos amarelos da velha e da peticinha), dei um dinheirinho, que fosse também ao circo.

Pronto me calo, a minha mão ponho na boca. Todas as noites do velho são dores, eis que vem o fim. No tempo das aflições minha alma é uma lesma aos uivos que retorce o chifre e se derrete no sal grosso. Devo catar as migalhas debaixo da mesa? Morder a pelanca do meu braço? Comi a gordura, engoli as delicadezas, cuspi os ossinhos da sambiquira. E fui deixado só com o buraco do meu umbigo. Agora me deito e sem falta morrerei. O dia da minha ruína é chegado. Que gosto tem a gota de sangue na gema do ovo? Encolhido na cama, o pé frio, bem me lembro da pobre velha — se não posso ter a minha sopa de bucho com dois aperitivos e um pão, só me cabe morrer. Ai, que falta da peticinha, mais rica distração era desabotoar a sua blusa rendada, pronto espirrava uma e outra pitanga vermelhinha. O rei da terra, quando a peticinha oferecia, erguendo um canto da saia e exibindo a grossa coxa nua: *Aqui tem bastante, meu velho, para a tua fome?*

Uma fábula

Ele surgiu no bar da esquina, descalço, macacão azul, letras brancas nas costas — *Parnaguá*. Arregaçou o grosso beiço:

— Dá um cigarro aí, bicho.

Tragava fundo, sem tossir. O tipo que lhe ofereceu banana foi silenciado com murro de soqueira. Ordenou sanduíche misto-quente mais batida de maracujá. Dia seguinte voltou, já não era curiosidade. Amigado com uma macaca que, bolsinha no ombro, subia e descia a rua. Fim de noite ia buscá-la e recolhia a féria:

— Sua vigarista, só isso?

O cigarro pendurado no beiço, batia sem dó na Fifi — saiote xadrez, coxa peluda e botinha vermelha era uma gracinha.

Além da macaca, troteavam para ele a ruiva Jussara e a crioulinha Benvinda. Enfeitou-se de brilhantina no topete, grande óculo escuro, pulôver amarelo.

Desfilava com uma loira fabulosa, cabelo no olho, que frequentava à tarde o bordel das normalistas. Ria à toa para exibir o canino de ouro. Tão feliz, balançava-se de cabeça para baixo nas árvores do Passeio Público. Enlouquecido pela loira, aspirou éter, puxou fumo, cheirou pó. Em disputa de rufiões apanhou na cara e, vergonha maior, injuriado de macaquinho do realejo. Não o quiseram de volta a ruiva nem a doce Fifi, grávida de cinco meses. Aos trancos, esbarrou no gigantesco marinheiro negro, que o empurrou com desprezo. Nosso herói levou a mão ao bolso — navalha? droga? anel mágico? Derrubado com tremendo murro no queixinho.

— Abaixo a...

Ninguém soube o quê — caiu mortinho. Na mão crispada o retrato colorido da macaquinha nua.

Ó doce cantiga de ninar

— Você é broinha de fubá mimoso.

Mal se entregavam aos primeiros beijos alucinantes, tocou a campainha.

— Bem quieta.

O arrependimento de estar, às quatro da tarde, em cueca e meia preta, nos braços vendidos de uma bailarina.

— Melhor atender, querido.

Sem parar a maldita campainha: coronel ou cafetão?

Ele enfiou a calça. Maria envolveu no roupão encarnado o delicioso corpo nu. Enquanto a moça atendia a porta, João calçou o sapato, vestiu o paletó: o escrivão redigia o flagrante?

— Você não é médico, querido? — a moça de volta.

— O filho da vizinha com ataque. A mãe desesperada. Que alguém acuda.

— Ela telefone para... — a linguinha insinuava-se por entre os dentes. — O que eu posso fazer? — a penugem da nuca arrepiada. — Só por você.

Sentado na cama, apertou o cadarço do sapato, ela retocou a gravata azul de bolinha. No corredor a mãe descabelada (outra bailarina em roupão de seda) retorcia as unhas douradas.

— O doutor desculpe. Não sei a quem apelar — e afastou-se, revelando o quadro.

Na cadeira um bicho medonho. Barbudo, guincha e sacode-se de fúria. Gira velozmente as rodas e, no caminho, atropela, quebra, derruba. Enxergando ao lado da mãe o tipo de bigodinho, recua até o canto da sala, uivante de ódio.

— Ele não se fia de homem.

A imagem do enfermeiro que o sujeita ao castigo do banho frio.

Corpo de menino e cabeça de velho, grisalho, dente podre. No pijama gota de café, borrifo de sopa, buraco de cigarro. Perna fininha e curta, no pé inútil a longa unha recurva. Além de paralítico, retardado — aos dezoito anos rosna duas ou três palavras: manhe, papinha, dodói.

Borbulha a boca torta do monstrinho, a dona queixa-se para João e, puxando-lhe a manga, a moça funga nervosa. Interná-lo a mãe não podia, muito caro o tratamento. Como indigente ninguém o aceita. Cada vez mais difícil subjugá-lo, o braço forte de tanto rodopiar a cadeira — ao projetá-la contra a parede, arrasta-se ferido no chão, bichano de perna quebrada.

Cabeça caída no peito, parece adormecido. O doutor arrisca um passo. Espirra olho vermelho de sapo debaixo da pedra. Dentes amarelos arreganham-se: corre a mão no queixo, respinga fios de escuma.

— Acha que a baba pega!

Assanhado o apetite do menino, distrai-se na prática solitária, consolo que já não basta. A mãe dava-lhe banho, não pode mais. Esfrega-o com luva embebida em álcool, serve-lhe a carne sangrenta na boca. Perseguida pelo seu infame desejo, alicia para ele uma colega. Por dinheiro o doutor encontra uma e outra, que a tudo se presta.

— Quem sou eu, logo eu, para falar?

Não voltam para satisfazê-lo ali na cadeira porque as machuca e aterroriza. Rainha do mundo, palácio de prazer, ela que tivera todos os homens, aos poucos reduzida à miséria.

— O doutor é homem culto. Essa maldição mais triste eu mereço? Não sabe quem sou? Nenê, a mitológica Nenê, era ela. Famosa concubina de senadores, filhos pródigos, banqueiros, Pitonisa que iniciou nos mistérios sagrados o pai de família. Nas voltas de sua coxa fosforescente que de gerações inteiras relincharam? Ali a grande Nenê de antanho. Última cortesã de um paraíso sempre celebrado: ó Mesquita, ó Otília, ó Dinorá! Pelo quimono em desalinho, o médico entreviu delicadezas ainda rijas, brancuras ainda ofuscantes.

Crescia o filho, declinava o seu poder e glória, ninguém a queria com tal fenômeno — e do verde olho soprou cacho rebelde. As derradeiras prendas para o médico, a bruxa, o curandeiro. Arrancara de suas entranhas a chaga podre, rezou mil novenas, a boca entupida pelas cinzas da amargura. Cada vez pior, o menino recusava-se a comer, a deixar-se limpar. Perdida a paciência, pagava ao enfermeiro que, à força, o adormecia com injeção. Sossego de pouca dura, grito de fúria sacudia o sono. Inútil o calmante na comida, entregava-se até à exaustão ao prazer solitário.

— Por que não dei formicida na cerveja?

No último instante despejou o copo na pia. Constrangida no meio da noite a convidar a primeira mulher na calçada. Bom menino, deixa que lhe corte a barba, apare a unha, troque o pijama. Volta a agitar-se e, no fim das forças, para não matá-lo ou matar-se, Nenê atrai nova presa. Se não o satisfaz, rebenta o rádio, explode na parede o prato de feijão, urra à janela. Mais alto que as pancadas do vizinho na parede, o uivo dos cachorros, os berros do porteiro.

Aquela tarde, como se negava ao seu capricho, atirou ao chão a tigela de sopa. Desesperada, bateu na porta de Maria: quem sabe a vista de moça bonita o acalmasse.

— O que ela podia fazer?! — e dedinhos aflitos sacodem-lhe a manga. — Dou uma injeção, quer?

— Dessa já dei uma.

— Mais uma ou até duas!

Sem ser pressentido, o flagelo da mãe chega-se furtivo, um grito de Maria:

— Ele quis me... — nojo e susto.

Minotauro a embalar-se de amor impotente, um fio de baba faísca nos cabelos crespos do peito.

— Apanhar a maleta no carro. Você vem comigo.

Mal saem no corredor, o estrondo das rodas na porta, rugido selvagem.

— Espere aqui — e precipita-se o doutor escada abaixo.

Minutos depois com a maletinha preta. A moça diante do elevador, pálida.

— Furioso. Começou a quebrar. De repente assim quieto.

João bate com força, aguarda impaciente. No corredor escuro uma barata rói o silêncio, a mocinha funga de medo, ele escuta uma veia na testa. Como a dona não atende, torna a bater. Ainda um minuto, a chave gira na fechadura.

Nenê abre a porta, ajeita as dobras do quimono, afasta do olho um cacho grisalho. Sorriso triste, indica o seu menino que, muito em sossego, engole a sopa e estala os lábios de gozo.

— Como foi que...? — inicia a moça e cala-se depressa.

Os velhinhos

Mais um dia sem amor... — canta e geme o primeiro velhinho no rumo do banheiro. Ao bater a porta (é do velho não fechar a porta mas batê-la com estrondo) extingue-se a frase seguinte. Ninho fervilhante de escorpião a cama do velho — ao furtivo clarão da janela, arrasta-se no chinelo de pelúcia para o corredor. Às três da manhã, farto de rolar nos carvões acesos do inferno, entra na sala e liga a televisão, sentadinho diante da nuvem chuviscante, sem programa. Surge no fundo do corredor a camareira gorda. Embora feia e nariguda, atrás de cada porta um velhinho quer agarrá-la, perde mais tempo em se defender que arrumar os quartos.

— Só um beijinho, tentação.

— Não se enxerga, velho sem-vergonha?

Por uma gorjeta ergue a saia devagarinho acima do joelho grosso.

[129]

— Mais um pouco... Só um pouquinho!

Estalo de bofetão, passo ligeirinho, porta que bate.

Sentados à mesa esperam pelo café da manhã. Os minúsculos potes de louça, onde é servida a manteiga, nem todos do mesmo tamanho: um velhinho inveja o pote do outro, que é sempre maior. Esganados reviram o olho, estalam a língua, chupam o dente. Ainda catam as migalhas, carregam os restos no guardanapo de papel. Dois compram um bolo em sociedade, para evitar briga um corta, o outro escolhe o primeiro pedaço.

Jamais um oferece nada ao outro, que recorta a laranja sem partir a casca. Os demais se babando, sem desgrudar o olhinho vidrento. A laranja devorada com bagaço para a prisão de ventre, cuspida a semente no medo de apendicite. Sempre descontentes do intestino preguiçoso. Todas as horas são gemidos: minha hérnia, tua próstata, nossa hemorroida. João só urina sentado:

— O que pode ser?

Vontade louca de, sai uma gotinha. A cada quinze minutos José corre para o banheiro.

Brigam para ler primeiro o jornal. Ranhetas e socarrões odeiam o resto da humanidade. Mulherinhas já não são o que eram. O futebol de hoje não é mais aquele. Deliciam-se com anúncio fúnebre, crime passional, estupro de menor. Discutem entre si, unidos contra terceiros — o velho tem sempre razão. Impávido um, lamurioso outro, enfrentam mais um dia — a chaga podre nas partes secretas. Que fazer do dia inteiro, eterno feriado? O mais pequeno, gravata-borboleta, colete, bengalinha, corre lépido para a melhor poltrona:

— A visita de minha velha.

Esquecido que vinte anos morta. Outro instala-se ao lado do antigo elevador de grades, à espreita de uma hóspede.

— Eu vi tudo — de pescoço torto vangloria-se para os demais. — Estava sem calcinha!

Afogados no vagalhão do tempo fugitivo, só lhes restam os dias de aflição — dá uivos, ó testículo quebrado, grita, ó maldito vaso de água choca, suspira, ó árvore retorcida de dores. Posto reneguem o banho (já imaginou escorregar no piso e quebrar a bacia?), barbeiam-se diariamente — velho que se preza usa navalha.

Refugiados no pobre quartinho do Grande Hotel Moderno, ali na esquina a trombeta do anjo vingador, os muitos gritos da cidade inimiga. Sentam-se desolados no colchão duro, uma auréola negra de moscas zumbindo sobre a careca. Na mesinha o copo d'água com a dentadura, o vidro de laxante, um naco de rapadura, a maçã bichada, três pedrinhas de sal grosso, duas fotos eróticas, umas poucas broinhas de fubá mimoso, emulsão de fígado de bacalhau, o famoso anel mágico, outro copo de ameixa preta na água e, debaixo da cama, o eterno penico.

Os salvados de uma vida inteira cabem na caixinha colorida de sabonete no fundo da mala.

Única diferença de um para outro quarto é a morrinha de cada velho, ali a catinga de cachorro molhado, aqui a tristura de papagaio piolhento.

Na saleta um deles tira o sapato, a meia e, sem-cerimônia, recorta a unha grossa e recurva. Um desbasta o calo arruinado de outro — um favor em troca de outro. Se um empresta o sabonete é não mais que a metade. Permuta o livro pornográfico pela revista de nudismo.

Nunca a visita de parente, jamais uma simples carta, embora sempre escrevendo para os amigos. Com meses de antecedência escolhem os cartões de Natal.

José rabisca o seu diário. Os demais, intrigados pelo mistério: em cada página uma data e ora uma cruz ora um círculo (símbolos não de aventura com mulher, mas das corridas ao banheiro). Lavam na pia o lenço, a meia, a cueca, estendidos para secar no barbante sobre a cama. Louco de solidão, Candinho introduziu escondido um gato. Queria segurá-lo o tempo inteiro no colo, debatia-se, arranhava, miando pelos cantos. Os outros se queixavam de invejosos. Um deles empurrou o animal no poço do elevador, o bichano uivava desesperado. Ninguém queria descer para resgatá-lo. Ficou dias lá no fosso. O dono aflito atirava migalha de pão e retalho de carne crua. Na ponta de um cordel baixou latinha com água. E armou um laço para o bicho, que subiu meio estrangulado. Baboso descrevia-lhe o programa de televisão:

— Olhe lá, meu filho, o outro gatinho!

Dia seguinte morto diante da porta, o pires de leite envenenado.

De dois ou três velhinhos, que não pagavam a conta, confiscadas as malas pela gerência. A mesma chave servindo em todas as portas, esses que, durante o dia, se confundem com os demais, insinuam-se em um

[133]

e outro quarto vazio, com a cumplicidade do antigo porteiro.

Odeiam a morte, a criança barulhenta e o pagador da aposentadoria mais que tudo no mundo — por causa dos descontos na pensão. Perseguem no corredor a nova arrumadeira — bando de moscas brancas em volta do torrão de açúcar preto. Um deles atraiu para o quarto um cachorrinho felpudo; a gritaria da dona, que o acusou servir-se do bichinho como instrumento de prazer.

Nem um cruza por uma porta sem olhar pelo buraco da fechadura. Frestam moça, menina, até velha (espelho abominável que os reflete). Frestam mulher e frestam homem. Um fresta o outro para descobrir-lhe o segredo vergonhoso. De manhã a camareira veda com papel a fechadura dos banheiros, logo picado no chão.

Têm a obsessão do canto escuro. No canto escuro do corredor, aquela vez, a moça mais linda. No canto escuro da igreja, uma loira se chegou, se encostou, se ajoelhou. Frequentam novena, seguem procissão (Verônica a desenrolar o sudário na esquina é de todos o suspiro secreto) não por sentimento, para esfregar-se nas beatas.

[134]

Comida a gordura, bebida a doçura, no cantinho escuro lambem as migalhas esses que, um dia, poderosos e terríveis, foram os reis da terra. Sós ou em grupo no corredor, na sala, debaixo do elevador, estralando o nó do dedinho gelado. Cada vez que um vai ao banheiro, crucificado pelos demais.

— Aposto que não puxa a descarga. Não tem pontaria, o porco. Vai molhar a tampa.

Decerto foi beliscar a goiabada no quarto. Outro descasca no bolso uma bala azedinha, denunciado pelo estalido do papel — é a última!

— De pescocinho fino, hein?

André exibe-se de camisa nova.

— Viu a camisa do defuntinho? O enxoval do enterro.

João espirra e agarra com força a hérnia que o estrangula.

Lavam os trapinhos, devoram os restos do café, cerzem as meias no ovo de madeira. Esfregando as escamas do olho, pregam um e outro botão. Costuram o rasgão na cueca. Engraxam o sapato. Aparam o esporão nos calos. Escarafuncham o ouvido peludo com o palito guardado no bolsinho do colete. Cada um com seu elástico a caçar mosca — o recheio espirrado na parede. Esquecidos do caruncho, da ferrugem, da lepra roedora, ruminativos cabeceiam. Um fio de baba no queixinho trêmulo. Os dentes postiços vagando sobre a língua.

José com acesso de asma, quem escondeu a bomba salvadora?

— Como vai o fole? — o outro apalpa o peito chiante.

— Bronquite não é doença.

Basta um ter crise anginosa, todos sentem falta de ar — o inferno é quartinho negro e gelado com dois grandes olhos fosforescentes no canto? André passa a noite sentado, abanando a brasa viva no peito. Se abre a porta, devorado pelos pernilongos.

— Sabe quem morreu?

Um imagina logo que o defunto é o outro. Nenhum velhinho ocupa o quarto onde outro morreu. Vez em quando um achado morto pela manhã. Retirado pela escada de serviço, por ele ninguém pergunta, nunca tivesse existido.

Enfim cai a noite, por mais comprido que seja o dia. Nos corredores um furioso vento encanado estremece as farripas e vibrissas dos velhinhos que, diante do espelho, beliscam a bochecha murcha, apertam o colarinho puído, capricham o nó da gravata desfiada. Mais que se enfeitem, não passam de velhinhos sebosos, quando muito lavados a seco.

Aranha de cinco patas azuis, a mão tremente folheia na portaria o livro de registro, quem entrou, quem saiu, o número do quarto ocupado por mulher. A primeira janela que se ilumina no edifício vizinho encontra-os no canto escuro, passando o binóculo um para o outro.

Na sala de televisão, monstros de gentileza, oferecem o lugar para a nova hóspede. Sempre que tem mulher, um deles de braguilha aberta; senta-se, pigarreia, cruza a perna, até que a dona olha escandalizada.

Insinuam bilhete sob a porta da hóspede: *Ó tentação, morro de paixão! Quem me consola no quarto 73?* No canto do papelucho um singelo contorno obsceno. Em pânico, indicam o número do vizinho, aflitos que o convite seja atendido e o outro premiado.

— Sabe o que eu fazia com essa gorducha?

Não sonham possuir a mulher, basta levá-la para o canto escuro. Palavras inocentes — umbigo, sovaco, panturrilha — sugerem deliciosas loucuras.

Às dez da noite bocejam ruidosamente e retiram-se da sala, último olhar suplicante para a mulher, horrível que seja. Na copa improvisam o mingauzinho de aveia, a papinha de pão no café requentado, o chazinho de erva-de-bicho e, no sábado, a gemada com vinho branco. Batem a porta do quarto, apenas de sapato e cueca, alguns de capa, descem e sobem pela escada de serviço. Um espreita o buraco da fechadura. Entram dois e três no banheiro, cada um com sua toalha no ombro, de lá espiam o quarto fronteiro. Espionam as silhuetas na janela e na porta envidraçada.

Toda noite que a arrumadeira não recolhe a roupa, um deles surrupia do varal uma calcinha ou sutiã. Cada um leva no bolso a sua calcinha preferida. Os mais viciosos chegam a vesti-la debaixo da capa.

Correição de formiguinhas do prazer — onde as lancinantes dores reumáticas? —, ligeirinho circulam de capa, cueca (ou calcinha) e chinelo de pelúcia. Querem ver pela fechadura, pela réstia da janela, pelo basculante do banheiro. Nenhum pretende assaltar a mulher nem atraí-la para o quarto. É suficiente olhar,

[138]

espiar, frestar. Não sozinho, na doce companhia tenebrosa dos outros, sem fôlego dos degraus e da paixão: mais excitante que a dona a sombra do vestido na janela.

Vigiando um casal de jovens, agita-se pelo corredor o frascário e miúdo povo, tão inquietos socorrem-se das gotas de coramina. Às vezes denunciados por um espirro ou tossinha nervosa. É de vê-los perante o porteiro na manhã seguinte, solenes e dignos, assistindo aos protestos do marido indignado, da velha ofendida, da solteirona ruiva e de óculo. Apesar do perigo que enfrentam, nada se arrependem do que fazem, aborrecidos tão só do que não fizeram, de mais não terem feito, antes do horripilante fim no quartinho, o ventre inchado de terror, as vergonhas comidas de bichos. Um deles evoca a loirinha de vestido vermelho com quem cruzou na rua — trinta anos atrás. A camareira do hotel Bom Pastor perdida por um almoço de negócio. Todos os compromissos que deveriam ter esquecido pelo encontro com uma simples mulherinha. Recuando até à primeira lembrança da infância — o idílio com a galinha branca de estimação.

[139]

— Como é que ela cacarejava? — quer saber André, saudoso do peru bem gordinho. Por sua culpa a família não teve peru naquele Natal.

Imitam o cacarejo e o grugulejo eróticos, cada velhinho incorpora à sua glória a conquista de todas as órfãs e viúvas:

— Ai, João, como é grande o teu pinto!

E a petiça louca, toda rendida, o vestido acima do umbigo:

— Aqui tem bastante, meu velho, para a tua fome?

Invejosos do rei Davi, uma virgem para aquecê-lo no inverno — ai deles, braseiro não há no seu úmido quartinho. Em grupos de dois e três seguem uma e outra dona gostosa.

Enxame fervente de baratas leprosas na cinza do fogão, nem um deles se afasta, perdido longe do hotel e dos demais. Descansa um pouco no banco da praça, quem sabe arrimado na bengalinha, e já de volta. Repuxa o pé frio, esfrega na mão descarnada o sinal dos últimos dias. Sem falar na verruga, panariz, unha encravada, fístula, pinta cabeluda, pereba, antraz maligno. Ainda soberbo e pimpão, olho lacrimoso mas cúpido, a eterna bolha de escuma na boquinha torta, lá vem o velho soprando forte. Bem vivinho para a ronda dos corredores.

Este livro foi composto na tipologia Minion Pro
Regular, em corpo 13/19, e impresso em
papel off-set 90g/m² no Sistema Digital Instant
Duplex da Divisão Gráfica da Distribuidora Record.